Diogenes Taschenbuch 23608

Alfred Andersch

Der Vater eines Mörders

Eine Schulgeschichte

Diogenes

Die Erstausgabe erschien 1980
im Diogenes Verlag; als Taschenbuch erschien
der Text erstmals 1982 (detebe 20498)
Der Text der vorliegenden Ausgabe
entspricht demjenigen in Band 5
der 2004 im Diogenes Verlag erschienenen
textkritisch durchgesehenen und kommentierten Edition
Alfred Andersch, Gesammelte Werke in zehn Bänden,
herausgegeben von Dieter Lamping
Editorische Notiz und Seitenkonkordanz
der Ausgaben von 1982, von 2004 und
der hier vorliegenden Ausgabe unter
www.diogenes.ch/andersch/vater
Bibliographie der Sekundärliteratur zum Werk
von Alfred Andersch unter
www.diogenes.ch/andersch/bibliographie
Umschlagillustration: Gabriele Münter,
›Straßenbahn in München‹, 1910/12 (Ausschnitt)

Veröffentlicht als Diogenes Taschenbuch, 2006

www.diogenes.ch
60/12/8/7
ISBN 978 3 257 23608 8

Ein unbegabter Gymnasiast
widmet diese Erzählung
einem hoch-begabten,
der einer der größten Meister
deutscher Sprache
und Dichtung wurde:
seinem Altersgenossen
und lieben Freund

Arno Schmidt

in memoriam

Diesen, hör ich, sind wir losgeworden
Und er wird es nicht mehr weiter treiben
Er hat aufgehört, uns zu ermorden
Leider gibt es sonst nichts zu beschreiben
Diesen nämlich sind wir losgeworden
Aber viele weiß ich, die uns bleiben.

Bertolt Brecht
Auf den Tod eines Verbrechers

Fast niemand scheint zu fühlen, daß die Sünde, die allstündlich an unseren Kindern begangen wird, zum Wesen der Schule gehört. Aber es wird sich noch einmal an den Staaten rächen, daß sie ihre Schulen zu Anstalten gemacht haben, in denen die Seele des Kindes systematisch gemordet wird.

Fritz Mauthner
Wörterbuch der Philosophie

Inhalt

Der Vater eines Mörders

Die Griechisch-Stunde sollte gerade beginnen, als die Türe des Klassenzimmers noch einmal aufgemacht wurde. Franz Kien schenkte dem Öffnen der Türe wenig Aufmerksamkeit; erst, als er wahrnahm, daß der Klaßlehrer, Studienrat Kandlbinder, irritiert, ja geradezu erschreckt aufstand, sich der Türe zuwandte und die zwei Stufen, die zu seinem Pult über der Klasse hinaufführten, herunter kam – was er nie getan hätte, wenn es sich bei dem Eintretenden um niemand weiter als um einen verspäteten Schüler gehandelt hätte –, blickte auch er neugierig zur Türe hin, die sich vorne rechts befand, neben dem Podest, auf dem die Tafel stand. Da sah er aber auch schon, daß es der Rex war, der das Klassenzimmer betrat. Er trug einen dünnen hellgrauen Anzug, seine Jacke war aufgeknöpft, unter ihr wölbte sich ein weißes Hemd über seinem Bauch, hell und beleibt hob er sich einen Augenblick lang von dem Grau des Ganges draußen ab, dann schloß sich die Türe hinter ihm; irgend jemand, der ihn begleitet hatte, aber unsichtbar blieb, mußte sie geöffnet und wieder zugemacht haben. Sie hatte sich in ihren Angeln bewegt wie ein Automat, der eine Puppe frei gab. So, wie auf dem Rathausturm am Marienplatz die Figuren herauskommen, dachte Franz Kien. Der perplexe Kandlbinder – er machte noch immer ein Gesicht, als murmle er ein Gott steh' mir bei! vor sich hin – rief einen Moment zu spät »Aufstehen!«, aber die Schüler hatten sich schon erhoben, ohne seinen Befehl abzuwarten, und sie setzten sich auch nicht erst, als ihr Lehrer ein – wieder, wenn auch nur um Sekundenbruchteile verzögertes – »Setzen!« herausbrachte, sondern bereits, als der Rex abwehrend die Hände hob und zu dem jungen Studienrat sagte: »Lassen Sie doch setzen!« Von den Doppelbänken aus, die mit Doppelpulten fest zusammengeschreinert waren – zwischen die Bänke und die Pulte mußten sie sich hineinzwängen, denn die meisten von ihnen waren in ihrem Alter, vierzehn Jahre, schon zu hoch aufgeschossen –, beobachteten sie, wie verwirrt Kandlbinder war und wie der Rex dessen Versuch, sich zu verbeugen, geschickt abfing, indem er ihm die Hand reichte. Obwohl Kandlbinder einen halben Kopf größer war als der auch nicht gerade kleine Rex – Franz Kien schätzte ihn auf eins siebzig –, konnten sie auf einmal alle sehen, daß ihr Ordinarius, wie er so neben dem offensichtlich gesunden und korpulenten Oberstudiendirektor stand, nichts weiter als ein magerer, blasser und unbedeutender Mensch war, und eine Sekunde lang ging ihnen ein Licht darüber auf, warum sie von ihm nichts wußten, als daß auch er von ihnen nichts wußte und stets mit einer Stimme, die sich so gut wie nie hob oder senkte, einen Unterricht gab, der wahrscheinlich tip-top war, nur daß sie, besonders gegen Ende der Stunden, nahe daran waren, einzuschlafen. Heiliger Strohsack, was ist der Kandlbinder doch für ein Langweiler, hatte Franz manchmal gedacht. Dabei ist er noch jung! Sein Gesicht ist farblos, aber seine schwarzen Haare sind immer ein bißchen ungekämmt. Franz und alle seine Mitschüler hatten eine Zeitlang gespannt beobachtet, ob Kandlbinder, als er nach Ostern, zum Schuljahresbeginn, ihre Klasse in der Untertertia übernahm, sich einen Liebling aussuchen würde, oder auch einen, bei dem es klar wäre, daß er ihn nicht leiden konnte, aber inzwischen waren fast zwei Monate vergangen, in denen der Lehrer sorgfältig darauf geachtet hatte, sich nichts dergleichen anmerken zu lassen. Nur bei dem Zusammenstoß mit Konrad Greiff ist er aus den Pantinen gekippt, dachte Franz. Wenn sie in den Pausen oder auf dem Schulweg über Kandlbinders Vorsicht sprachen, was nicht häufig vorkam, denn dieser Lehrer nötigte ihnen wenig Interesse ab, gab es immer einen, der achselzuckend bemerkte: »Der will sich bloß aus allem raushalten.«

Der Rex hatte sich der Klasse zugewendet, er trug eine Brille mit dünnem Goldrand, hinter der blaue Augen scharf beobachteten, das Gold und das Blau ergaben zusammen etwas Funkelndes, Lebendiges und jetzt ins Gütige Gewandtes, anscheinend herzlich Geneigtes in einem hell geröteten Gesicht unter glatten weißen Haaren, aber Franz hatte sofort den Eindruck, daß der Rex, obwohl er sich ein wohlwollendes Aussehen geben konnte, nicht harmlos war; seiner Freundlichkeit war bestimmt nicht zu trauen, nicht einmal jetzt, als er, jovial und wohlbeleibt, auf die in drei Doppelreihen vor ihm sitzenden Schüler blickte.

»So, so«, sagte er, »das ist also meine Untertertia B! Ich freue mich, euch zu sehen.«

Er ist wirklich ein Rex, dachte Franz, nicht bloß ein Mann, dessen Titel man im Wittelsbacher Gymnasium auf dieses Wort abgekürzt hatte. Auch in den anderen Münchner Gymnasien wurden die Oberstudiendirektoren Rexe genannt, aber Franz glaubte nicht, daß die meisten von ihnen wie Könige aussahen. Der da schon. Hellgrau und weiß – über dem Hemd lag, tadellos, eine glänzend blaue Krawatte –, mit diesem an den Ecken abgerundeten Visier aus Gold und Blau im Gesicht, stand er vor dem Hintergrund der großen Schultafel, und weder Kandlbinder noch die Schüler schienen Anstoß daran zu nehmen, daß er die Klasse mit dem besitzanzeigenden Fürwort bedachte. Bin ich der Einzige, fragte Franz sich, dem es auffällt, daß er uns so anredet, als gehörten wir ihm? Er nahm sich vor, wenn die Stunde zu Ende war, Hugo Aletter zu fragen, ob nicht auch er es eigentlich anmaßend fand, daß der Rex, bloß weil er der Direktor der Schule war, sich für berechtigt hielt, ihre Klasse als die seine zu bezeichnen. Hugo Aletter, sein Nebenmann auf der Bank, war nicht sein bester Freund in der Klasse – Franz hatte unter seinen Klassenkameraden überhaupt keinen Intimus –, aber der einzige, dem er eine solche Frage überhaupt stellen durfte, weil er mit Hugo sogar politisieren konnte, sie politisierten manchmal zusammen, während der Pausen, in einer Ecke des Schulhofs, in dem Wortschatz, den sie aus den Reden ihrer deutschnational gesinnten Väter aufschnappten. Und deswegen – nicht aus Freundschaft – hatten sie sich in der Klasse nebeneinander gesetzt. Auch die anderen hörten sich zu Hause die Wörter an, aus denen das politische Gerede des Münchner Mittelstandes sich zusammensetzte, aber sie blieben ihnen gegenüber gleichgültig; diese Kinder, wie Franz und Hugo sie deswegen verächtlich nannten, interessierten sich nicht für Politik. Aber nicht einmal Hugo würde vielleicht verstehen, dachte Franz, was mir nicht daran gefällt, daß der Rex uns mit ›meine Untertertia B‹ anredet, ich weiß es ja selber nicht genau, und es ist ja auch gar keine politische Frage. Plötzlich fiel ihm sein Vater ein, der im vergangenen Krieg Offizier gewesen war, wenn auch nur Reserve-Offizier; der sprach auch immer von ›seinen Männern‹, wenn er in Front-Erinnerungen kramte, und ich bin noch nie auf die Idee gekommen, dachte Franz, daß diese Bezeichnung nicht so selbstverständlich ist, wie wenn ich von meinem Vater denke: mein Vater.

»Griechisch!« sagte der Rex. »Hoffentlich fällt es euch nicht so schwer wie der Untertertia A!« Er schüttelte den Kopf. »Die haben sich vielleicht angestellt! Tz, tz, tz!«

Er gab damit bekannt, daß er ihre Parallelklasse schon inspiziert hatte, und zwar mußte dies gerade eben geschehen sein – es war jetzt elf Uhr –, denn wenn er schon am Tag vorher oder auch nur vor der Pause am heutigen Vormittag in der A aufgekreuzt wäre, hätten die Schüler der B es von ihren Freunden aus der A erfahren, mit den nötigen Warnungen: »Macht euch auf den Rex gefaßt!« So war es klar, daß der Rektor es darauf anlegte, die Klassen zu überrumpeln, offensichtlich verstand er sich darauf, von seinen Absichten im Lehrerkollegium nichts verlauten zu lassen, denn nicht einmal Kandlbinder hatte eine Ahnung von seinem Besuch im Unterricht gehabt, sonst wäre er nicht so entgeistert gewesen, als der Rex hereinkam.

Diesem war es, insbesondere mit dem seiner Mitteilung angefügten Zungenschnalzen, gelungen, bei seinen Zuhörern den Eindruck zu erwecken, als traue er ihnen zu, seine Sorge über das schlechte Abschneiden der Parallelklasse teilen zu können. Er war bekümmert, und er ließ sie an diesem Gefühl teilnehmen; die B-Klasse stimmte selbstverständlich mit ihm darin überein, daß es ungehörig, ja geradezu unverständlich war, im Griechischen zu versagen, nicht um eine Krankheit handelte es sich dabei, schwer, aber doch heilbar, sondern um einen Makel, unverständlich, ein verärgertes, ungeduldiges Tz-tz-tz hervorrufend, als sei damit das letzte Wort gesprochen, jedenfalls kam es Franz so vor, ohne daß er aus diesem – übrigens recht unbestimmten – Eindruck den Schluß zog, der Rex sei vielleicht ein schlechter Schulmann. Im Gegenteil – auch er fiel auf den Tz-tz-tz-Trick des Rex herein, fühlte sich von dem Vertrauen, das jener ihnen entgegenzubringen schien, geschmeichelt und nahm sich vor, sich in Zukunft im Griechischen etwas mehr anzustrengen als bisher.

Er gab sich nicht die Mühe, festzustellen, wie Kandlbinder auf die zwei Sätze reagierte, mit denen der Rex bekanntgab, er habe die A-Klasse bereits gewogen und zu leicht befunden. Betrachtete er sie als Drohung, als Warnung vor dem, was ihm, dem Ordinarius blühte, wenn auch seine Klasse in der Prüfung durch den Rex durchfiel? Oder witterte er in ihnen eher eine Chance, weil er es für ausgeschlossen hielt, angesichts seines zwar umständlichen, aber ausgezeichneten Unterrichts, dessen vorzügliche Resultate doch unbezweifelbar waren, könne irgend etwas schiefgehen? Franz machte sich weiter keine Gedanken darüber; dieser dürre Pauker, durch dessen Griechischstunden er sich bisher mit Erfolg gemogelt hatte, interessierte ihn einfach zu wenig, als daß er ihm Aufmerksamkeit geschenkt und dabei versäumt hätte, den Rex zu beobachten, der sich – im Gegensatz zu dem Studienrat – so spannend, wenn auch gefährlich spannend, in Szene setzte.

»Lassen Sie sich nicht stören, Herr Doktor!« sagte er jetzt. »Fahren Sie ruhig fort!«

Fortfahren ist gut, dachte Franz entrüstet, er ist buchstäblich in der ersten Minute des Unterrichts hereingekommen, da war es doch glatt unfair, so zu tun, als habe Kandlbinder überhaupt schon anfangen können. Andererseits tat er sogleich etwas für das Ansehen des Lehrers vor den Schülern, indem er sie darauf hinwies, daß jener den Doktor-Titel trage. Es war der Klasse neu. *Herr Doktor*. Es schien nichts Besonderes in einer Schule zu sein, in der die Pennäler gehalten waren, alle ihre Lehrer, vom jüngsten Referendar bis zum grauhaarigen Oberstudienrat, mit *Herr Professor* anzureden, zeichnete den Ordinarius aber doch aus, denn so viel wußten sie schon von akademischen Titeln und Rängen, daß ein Lehrer, der seinen Doktor ›gebaut‹ hatte – wie sie, sogar als Vierzehnjährige, sich schon auszudrücken gelernt hatten, wobei sie ihre sich fachmännisch gebärdenden Brüder oder Väter nachäfften –, mehr darstellte als ein Studienrat, der zwar als *Herr Professor* angeredet werden mußte, aber keine Doktorarbeit geschrieben hatte, nicht ›promoviert‹ war.

»Selbstverständlich, Herr Direktor«, sagte Kandlbinder und rief Werner Schröter auf. »Schröter«, sagte er, »komm du doch mal nach vorn!«

So reden sie sich also untereinander an, dachte Franz. *Herr Doktor. Herr Direktor.* Uns duzen sie. Erst ab Obertertia werden wir gesiezt. Wenn ich in der Untertertia sitzenbleibe – und wahrscheinlich werde ich sitzenbleiben, wegen Fünf in Griechisch und Mathematik, mit der Note Fünf in zwei Hauptfächern bleibt man eben sitzen –, dann werde ich ein weiteres Jahr geduzt werden. Na, meinetwegen. Ist ja wurscht. Es gibt Dringenderes. Was es für ihn Dringenderes gäbe, hätte Franz Kien nicht sagen können.

»Schröter«, sagte Kandlbinder, »wir sind ja bei der Lautlehre. Schreib doch mal die Konsonantenverbindungen an die Tafel!«

Der Kandlbinder spinnt ja, dachte Franz, er kommt immer noch nicht zu sich, es hat ihn richtig umgehauen, daß der Rex die Klasse inspiziert; ist doch der reine Wahnsinn, den Primus gleich am Anfang zu verschießen, anstatt ihn sich aufzusparen für den Fall, daß irgend etwas schiefgeht. Oder um ihn später als Glanznummer vorzuführen. Und dann stellt er ihm auch noch eine so kinderleichte Aufgabe! Sogar ich könnte die drei Doppelkonsonanten hinschreiben. Haben wir außerdem längst gehabt. Wir sind doch schon bei den Lautveränderungen im Satz, und noch weiter hinten in der Grammatik, bei der Wortbildungslehre. Kandlbinder sprang in der Grammatik ganz schön hin und her. Franz feixte vor sich hin. Wenn der Klaßlehrer wüßte, daß er von der Grammatik wenig mehr intus hatte als die Überschriften der Kapitel, die grade dran waren! Bei den Hausaufgaben ließ er sich von seinem älteren Bruder helfen, der im Wittelsbacher Gymnasium bis zur Untersekunda vorgedrungen war, aus Gründen, die Franz sich nicht erklären konnte, denn sein Bruder Karl war in den Hauptfächern, besonders in den Fremdsprachen, genauso ein Versager wie er selber. Wie hatte er es nur fertiggebracht, bis in die siebte Klasse aufzusteigen?

Mit seinem komischen Fleiß, vermutete Franz, er streut den Lehrern Sand in die Augen, mit seiner kleinen, ordentlichen, regelmäßigen Schrift, mit der er Bogen auf Bogen Aufsatzpapier bedeckt, seine Hausaufgaben sind voller Fehler, genau wie die meinen, aber sie sehen immer wie gestochen aus, ich habe dazu keine Lust, könnte es auch gar nicht. Franz war ein Schmierer, seine Schrift war teils fahrig, teils widerhakig, die Lehrer schüttelten ihre Köpfe, wenn sie seine Hausaufgaben-Blätter ansahen, Professor Burckhardt, der Naturkundelehrer, der ihn mochte, obwohl Franz auch in diesem Fach nicht gut war, pflegte von Zeit zu Zeit zu sagen: »Kien, versuch doch mal, etwas Form in deine Schrift zu bringen!« Ausgerechnet der, dachte Franz dann jedesmal, denn Burckhardt selber tat sich schwer, wenn er ihnen einen Blütengrundriß – beispielsweise von Wiesenschaumkraut – auf die Tafel zeichnete. Immer wieder brach ihm die Kreide ab, und zuletzt schmiß er sie hin und rief aus: »Schaut im Schmeil nach, da ist es ja drin!«

Nachdem Schröter aufgerufen worden war, hatte der Rex sich hinter das Lehrerpult gesetzt, und alle konnten sehen, wie er die griechische Grammatik, die dort aufgeschlagen gelegen hatte, hochhob und sich darin festlas. Oder tat er nur so, als versenke er sich in den Lehrstoff, den sie gerade durchnahmen? Jedenfalls schien er sich so wenig für den Gymnasiasten an der Tafel zu interessieren, wie dieser sich für ihn. Typisch Schröter, dachte Franz, während er zusah, wie der Primus erst einmal in aller Ruhe eine Ecke der Tafel zu säubern begann, weil es für ihn selbstverständlich ausgeschlossen war, eine Tafel zu benützen, die von dem Schüler, der den Tafeldienst gehabt hatte, bloß mit dem trockenen Schwamm oder dem Lappen abgewischt worden war, so daß sie nicht, wie es sich gehörte, wie matte Schuhwichse, sondern grau verschmiert aussah. Also begab Schröter sich, ohne sich um die Anwesenheit des Herrschers der Schule zu kümmern – des Oberscheichs, dachte Franz, aber der Schröter kann sich das natürlich leisten –, gelassen zu dem Wasserhahn neben der Tafel, machte den Schwamm naß, quetschte ihn halb aus und verwandelte danach mit ihm die linke obere Ecke der Tafel in eine schwarz glänzende Fläche, die er mit dem Lappen trockenrieb, ehe er das ξ, das ψ und das ζ hinschrieb, wobei er die Buchstaben nacheinander, wie im Selbstgespräch, jedenfalls ohne Kandlbinders Aufforderung dazu abzuwarten, benannte: »xi, psi, dsi.«

Im Gegensatz zu dem noch immer mit dem Studium der Grammatik beschäftigten Rex hatte Kandlbinder, in peinlicher Verlegenheit, immer wieder zu dem hinter seinem, des Ordinarius Pult thronenden Vorgesetzten hinüberblickend, gewartet, bis Schröter fertig geworden war. Jetzt kam er endlich zum Zuge. »Ein i mitzusprechen«, sagte er, »ist zwar üblich, aber eigentlich doch falsch. Es handelt sich um reine Doppelkonsonanten. Also: x, ps, ds.« Er ahmte die Rachen-, Lippen- und Zahnlaute vorzüglich nach, besonders der labiale Anlaut beim psi gelang ihm so hervorragend, daß Franz sich vornahm, ihn nach der Stunde vor den Mitschülern als ›Kandl-p-inder‹ zu bezeichnen. Er ahnte nicht, daß er nach dieser Stunde zu keinen Späßen irgendwelcher Art mehr aufgelegt sein würde.

»Na, na, Herr Doktor«, sagte der Rex, von des Ordinarius Buch aufblickend, mit nichts als zwei gaumig dunklen oder eher durch die Nase ausgestoßenen A's seine vorher so großmütig gewährte Erlaubnis widerrufend, Kandlbinder möge sich im Unterricht nicht stören lassen, »so genau wissen wir ja nicht, wie die alten Griechen ihr Griechisch ausgesprochen haben. Ist doch alles nur Theorie, Annahmen aus Byzanz, alle falsch wahrscheinlich ...« Er machte eine wegwerfende Handbewegung.

Die Tertianer beobachteten, wie ihr Klassenlehrer dazu ansetzte, dem Rex zu widersprechen. Wenn einer, dann weiß er doch, was es über die Aussprache des Altgriechischen zu wissen gibt, dachte Franz, sich an die langstieligen Vorträge erinnernd, in denen der Lehrer sich über irgendwelche Leute verbreitete, die er Humanisten nannte, doch Kandlbinder unterließ es, vor dem Rex seine Kenntnisse auszubreiten. So ein feiger Hund, dachte Franz. Alles, was Kandlbinder herausbrachte, war ein leises, vorsichtiges: »Aber die Doppelkonsonanten ...«

»Sind möglicherweise phonetisch geklärt«, beendete der Rex den Satz. »Ich geb's zu.« Er machte eine Pause, ehe er diese ganze, im Lehrstoff überholte und besonders für einen Primus viel zu leichte Doppelkonsonantengeschichte aus dem Klassenzimmer hinausblies. »Übrigens hat die Klasse die Einteilung der Laute ja längst hinter sich«, sagte er. »Wär' ja auch schlimm, wenn Ihre Schüler sechs Wochen nach Ostern noch immer beim Alphabet wären, nicht wahr, Herr Doktor. – Beim Alpha und beim Omega!« Er lachte auf, kurz, trocken und ohne daß sich in seinem Gesicht irgend etwas veränderte. »Sie sind ja schon längst bei der Aussprache, den Silben und Akzenten.« Wieder lachte er sein ausdrucksloses Lachen. »Atona und Enklitika! Sehr schön, sehr schön! Sogar mit der Satzlehre haben Sie schon angefangen, Herr Doktor, mit dem Infinitiv, wie ich sehe. Sie sind ja schnell vorangekommen, alle Achtung!«

Ganz schön peinlich für den Langweiler, dachte Franz, wie der Rex ihn gleich durchschaut und ihm auf den Kopf zugesagt hat, wo wir im Griechischen stehen. Obwohl seine Worte ein Lob darstellten, hörten sie sich an wie das erste, noch ferne Rollen eines aufziehenden Gewitters. So jedenfalls kamen sie Franz vor. Keinen Zweifel mehr konnte es in diesem Augenblick geben, daß der Rex die Stunde übernommen hatte. Kandlbinder würde von nun an nur noch eine Randfigur sein, als welche er schon jetzt neben Schröter an der Tafel stand.

Dieser hatte sich von ihr ab- und in einer halben Drehung dem Rex zugewandt, höflich, ruhig die komplizierten Aufgaben erwartend, die ihm nun wohl gestellt werden würden. Werner ist ein prima Kerl, dachte Franz, überhaupt kein Streber, sondern bloß einfach einer, der alles kann, der gar nichts dafür kann, daß er alles kann. Franz Kien war mit Werner Schröter besser bekannt als die meisten anderen, denn er und Schröter waren die beiden einzigen aus der Klasse, die den Violin-Unterricht belegt hatten, den das Gymnasium als Wahlfach anbot; sie trafen sich an zwei Nachmittagen in der Woche, zusammen mit ein paar Schülern aus anderen Klassen, im Musikzimmer der Schule; sie waren jetzt bei der dritten Lage, Werner brachte einen volleren Klang heraus als Franz, vielleicht hat er eine bessere Geige als ich, dachte Franz, aber wenn er Werner zusah, wie der das Instrument zwischen seine Schulter und seinen Kopf steckte, konzentriert und klug, dann sah er ein, daß es nicht nur an der Geige liegen konnte, wenn irgendeine Folge von Noten, die sie übten, bei Werner nicht so kratzig daherkam wie bei den meisten anderen. Schröter war nicht groß, aber auch nicht klein, nicht stämmig, doch fest gebaut, auch sein Gesicht hatte etwas Festes, seine glatten schwarzen Haare bedeckten als Halbkreis den oberen Teil seiner Stirne, seine Augenbrauen waren schwarz und dicht, seine Nase setzte breit an, wurde aber nicht dick, sondern saß klar umrissen unter den dunkelblauen Augen, über dem sicheren und graden Mund, den er nur wenig zum Sprechen benützte. Obwohl er schweigsam war, fand er sich aber durchaus bereit, Hinweise zu geben; wenn er sah, daß Franz bei seinem Spiel mit irgend etwas nicht zurechtkam, trat er, ohne daß dieser ihn dazu auffordern mußte, neben ihn und korrigierte einen von seinem Mitschüler immer wieder falsch gegriffenen Ton, indem er wortlos, und nicht im geringsten den Überlegenen spielend, dessen Finger auf die Stelle der Saite legte, welche den richtigen Ton aus dem Geigenkörper aufsteigen ließ. Auch hatte er einmal den Steg von Franz' Geige so verschoben – mit seinen bräunlichen festen Händen, um den Bruchteil eines Millimeters –, daß sie danach eine Weile lang schöner klang als vorher. – Ach, Franz war enttäuscht von der Musik, dieses Üben der ersten Lagen brachte nichts von dem Genuß, den er sich davon erhofft hatte, er hatte sich nicht vorgestellt, daß eine Violine ohne Begleitinstrument so trocken klingen würde, so eigentlich nach gar nichts; wenn ich nur hätte Klavier lernen können wie Karl, dachte er, aber in den letzten beiden Jahren – 1927, 1928 – hatte sein kranker Vater schon nicht mehr das Geld, einen Klavierlehrer bezahlen zu können; Karl hat noch die guten Zeiten mitgekriegt, dachte Franz oft neidisch, bei mir hat es nur noch zu diesen Geigenstunden gereicht, was heißt: gereicht, sie kosten ja überhaupt nichts, die Penne verlangt keinen Pfennig dafür, und die Geige haben mir die Poschenrieders geschenkt, die hatten eine auf dem Speicher stehen. Mein Gott, haben die sich angestellt, als sie damit herausrückten, sie haben getan, als wäre die Fiedel ein Heiligtum, bloß weil ihr verstorbener Sohn darauf gespielt hat.

Der Rex lenkte ihn von seinen Erinnerungen an das mit seinen Eltern befreundete Ehepaar Poschenrieder ab, das in einer dunklen, vornehmen Wohnung in der Sophienstraße lebte und an manchen Sonntagnachmittagen, auch wenn draußen schönes Wetter war, besucht werden mußte; Franz registrierte, wie der Rex Schröter keine Aufmerksamkeit schenkte, er kümmerte sich überhaupt nicht um den Schüler an der Tafel, der verbindlich, aber nicht unterwürfig auf die

Wünsche wartete, die der hohe Herr äußern würde, sondern setzte vielmehr seine Kritik an den im Unterricht gängigen Aussprache-Regeln fort; sich den Anschein gebend, als führe er, noch immer in die Grammatik vertieft, ein Selbstgespräch. »Musikalischer Akzent!« zitierte er, wobei er sich Mühe gab, ein höhnisches Lachen zu unterdrücken. »Die betonte Silbe unterscheidet sich von der unbetonten durch eine höhere Tonlage.«

Plötzlich wandte er sich an die Klasse. »Glaubt bloß nicht alles, was da drin steht!« rief er, mit dem rechten Zeigefinger kategorisch auf das Buch weisend, das er noch immer mit der linken Hand hochhielt. »Wenigstens nicht unbesehen!« Er machte eine Pause, ehe er fortfuhr: »Ja, wenn die Griechen schon das Grammophon gekannt hätten ...«

Wieder verfiel er in Nachsinnen, bemerkte dann, zu Kandlbinder hin und in andächtigem Ton: »Eine Schallplatte mit der Stimme des Sokrates – das wäre wohl das Größte, was sich denken ließe, meinen Sie nicht auch, Herr Doktor?«

Dem Studienrat fiel keine passende Antwort ein, er nickte nur, beflissen, wie zu allem, was der Rex von sich gab, wahrscheinlich hoffte er bloß darauf, endlich wieder mit der Demonstration von Schröters Kenntnissen fortfahren zu können.

Täuschte Franz sich, oder war es wirklich so, daß der Rex kein Interesse an Schröter hatte? Nicht nur kein Interesse, sondern auch keine rechte Sympathie – es sieht fast so aus, als ob er Schröter nicht besonders mag, dachte Franz, na, vielleicht bilde ich mir das nur ein, warum sollte er etwas gegen ihn haben, aber jedenfalls hat er sich kein bißchen zu Schröter hingedreht, wie dieser vorhin zu ihm. Will er nur die blöde Vorführung des Klassenbesten beenden, oder liegt ihm der Schröter nicht? Wenigstens ein freundliches Wort könnte er ihm gönnen! Aber es kam nicht von des Rex Lippen, und der dunkle, festgebaute, höfliche Knabe legte sogleich das Stück Kreide, welches er noch in der Hand hielt, auf das Bord unter der Tafel und begab sich an seinen Platz in der Klasse zurück, als er den Rex, der suchend umherblickte, sagen hörte: »Ich möchte jetzt einmal einen anderen Ihrer Schüler hören, Herr Doktor!«

Sein Ton war jetzt nicht mehr leutselig. Der Vater der Schule, der gütig nach einer seiner Klassen sah – damit war es nun endgültig vorbei; dort oben, hinter dem Pult wie auf einem Anstand, saß jetzt ein Jäger, auf einer Pirsch in den Unterricht, dick, ungemütlich, einer von der feisten Sorte der Revierbesitzer und Scharfschützen. Die dreißig Untertertianer, die in drei Reihen, immer zwei nebeneinander – die letzten Bankreihen waren leer –, unter ihm saßen, duckten sich. Mich wird der Kandlbinder schon nicht aufrufen, dachte Franz, ohne zu überlegen, woher er eigentlich die Zuversicht nahm, sein Name würde während dieser Stunde nicht fallen. Natürlich, der Konrad, dachte er, erleichtert, als er sich umwandte, um zu sehen, auf wen der Ordinarius zeigte, er ruft einen seiner Musterschüler nach dem anderen auf, gar keine Gefahr, daß ich drankomme, und er beobachtete, wie aus der hintersten Bank in der rechten Reihe der Bezeichnete hochschoß, als Kandlbinder sagte: »Komm du mal nach vorn!« Franz fragte sich, ob es wohl dem Rex auffiel, daß Kandlbinder es unterließ, diesen Schüler mit seinem Namen anzureden.

Schon die Art, in der dieser sich erhob, schnell, aber nicht eifrig, sondern durch ein forciertes Hochwerfen des Oberkörpers die ganze Bewegung ins Lächerliche ziehend, ließ die Klasse hoffen, daß ihr ein Gaudium bevorstand, und sie brauchte auch kaum einen Augenblick lang darauf zu warten, denn der für sein Alter besonders große, schlaksige Bursche erklärte, während er schiefschultrig, impertinent und offensichtlich entschlossen, sich zu amüsieren, zwischen den Bankreihen auf die Tafel- und Pultbühne zuging: »Sehr gerne, Herr Doktor Kandlbinder!«

Seinen Klassenlehrer, den Rex nachäffend, mit dem neu mitgeteilten Titel und dem Namen anzureden, ja überhaupt dem Befehl, den er erhalten hatte, nicht schweigend nachzukommen, sondern ihn zu beantworten, und noch dazu mit diesem als eine Karikatur von Höflichkeit sorgfältig geplanten und herausgebrachten ›sehr gerne‹ – das war wieder einmal eine typische Konrad-Greiff-Frechheit. Die Gymnasiasten grinsten.

Eins zu Null für Konrad, dachte Franz, das hat Kandlbinder davon, daß er ihn aufgerufen hat, bloß weil Konrad im Griechischen fast noch besser ist als Werner Schröter; Kandlbinder ist ein Depp, er hat sich wohl eingebildet, der Konrad hält sich zurück, während der Rex die Klasse inspiziert, aber da hat er sich geschnitten, gerade weil der Rex da ist, spielt er sich wieder auf, wie vor sechs Wochen, als Kandlbinder ihn zum erstenmal aufgerufen hat, »Greiff« hat er gesagt, nichtsahnend, und der Konrad ist aufgestanden, aber nicht so spöttisch wie heute, sondern hochfahrend, und er hat kalt und unverschämt zu Kandlbinder gesagt: »*Von* Greiff, wenn ich bitten darf!«, der Kandlbinder ist außer sich gewesen, er ist käseweiß geworden im Gesicht, dann hat er gesagt »Aber das ist doch unerhört ...« und ist hinausgerannt und erst nach einer ganzen Weile wieder hereingekommen, von da an hat er Konrad nur noch selten dran genommen, auch wenn der immer wieder den Arm hochgehoben und sich gemeldet hat und in allen Griechisch-Schulaufgaben eine Eins oder Eins auf Zwei geschrieben hat, und nie mehr hat Kandlbinder ihn bei seinem Namen genannt. So hat der Konrad ihm den Schneid abgekauft, aber warum eigentlich, denn von uns verlangt er ja nicht, daß wir ihn *von* Greiff nennen, er weiß, daß er uns den Buckel runterrutschen kann mit seinem ›von‹, wir sagen Greiff oder Konrad zu ihm, und er läßt es sich ohne weiteres gefallen, und es ist ja hundsgemein von ihm, daß er jetzt die Gelegenheit benutzt, dem Rex zu zeigen, wie er mit dem Klaßlehrer umspringen kann, unbegreiflich, daß Kandlbinder nicht damit gerechnet und ihn aufgerufen hat, gerade jetzt hätte er bei seinem Grundsatz bleiben sollen, daß er keinen Liebling hat und keinen, den er nicht leiden kann, statt dessen ruft er zuerst den Primus auf, und danach den einzigen, den er bestimmt haßt, auch wenn er es nie mehr gezeigt hat, seitdem der Greiff verlangt hat, daß er ihn von Greiff nennt, ich möchte wissen, was er gemacht hat, nachdem er damals hinausgelaufen ist, hat er sich beim Rex beschwert und ihn gefragt, was er tun soll, oder ist er auf die Toilette gegangen, weil er sich hat erbrechen müssen? – der Konrad ist immer noch da gestanden, als er wieder hereinkam, und Kandlbinder hat nichts weiter zu ihm gesagt als »Setz dich!«, und von da an hat er ihn nie wieder mit seinem Namen angeredet. Um so blöder von ihm, daß er ihn jetzt aufgerufen hat, der Idiot hat damit gerechnet, daß Konrad sich heute ihm gegenüber fair verhält, aber der denkt gar nicht daran, der ist versessen darauf, den Studienrat vor dem Rex zu blamieren. Aber warum nur? So ein dreckiger Adeliger! Mit diesem unverfrorenen »Sehr gerne, Herr Doktor Kandlbinder!« wollte er nur erreichen, daß der Lehrer die Fassung verlor, sich vielleicht zu einem »Greiff, was erlauben Sie sich?« hinreißen ließ, was diesem endlich wieder – und vor den Ohren des Rex – die erwünschte Gelegenheit bieten würde, sein »Von Greiff, wenn ich bitten darf!« anzubringen.

Die ganze Klasse freute sich bereits diebisch auf den Wortwechsel, der nun folgen würde – auch dieser würde sicherlich wieder zu Ungunsten ihres Ordinarius ausgehen, mitleidlos beobachteten die Gymnasiasten, wie Kandlbinder sich provozieren ließ, bleich und sprachlos stand er an der Tafel –, aber sie hatten nicht mit dem Rex gerechnet, der sich so blitzschnell, wie Franz es bei einem Mann von solcher Korpulenz nie erwartet hätte, in den Vorfall einschaltete.

»Ah«, sagte er, den inzwischen vorne angekommenen Knaben mit blau-goldenem Blick kalt messend, »da haben wir also unseren jungen Baron Greiff! Ich habe schon viel von dir gehört, Greiff. Du sollst ja ein ausgezeichneter Grieche sein. Wenn du es aber noch einmal für nötig hältst, eine Bereitwilligkeits-Erklärung abzugeben, nachdem du aufgerufen worden bist, oder wenn du dir noch ein einziges Mal herausnimmst, deinen Klaßlehrer mit *Herr Doktor* anzureden, anstatt, wie es dir zukommt, mit *Herr Professor*, dann bestrafe ich dich auf der Stelle mit einer Stunde Arrest. Verstanden, Greiff?«

Der Rex kennt also den Greiff, dachte Franz. Dann ist Kandlbinder damals, nach seinem Zusammenstoß mit Konrad, zu ihm gelaufen, hat sich über Konrad beschwert. Oder kennt er uns alle? Da wäre er ja enorm auf Draht, wenn er jeden einzelnen von uns kennen würde. Mit Namen und mit allem.

Wie er sich den Greiff vorgenommen hatte! Die ganze Klasse bewunderte in diesem Augenblick den Rex. Er hatte die gleiche Methode angewendet wie bei Kandlbinder; so, wie er dessen Doktor-Titel ins Spiel gebracht hatte, um ihm mehr Respekt zu verschaffen, erhöhte er auch Konrad Greiff zuerst im Rang; er wies die Klasse darauf hin, daß sie in Konrad nicht nur einen gewöhnlichen Von-Träger in ihrer Mitte hatte, sondern etwas Besseres, immerhin einen Baron, aber während er die akademische Würde des Studienrats weiter aufrechterhielt, ›nicht wahr, Herr Doktor‹! – wenigstens bis jetzt und abgesehen davon, daß er ihn, mit leisem Donnergrollen in der Stimme, darauf aufmerksam gemacht hatte, er solle ihm hinsichtlich des Standes des Lehrstoffs kein X für ein U vormachen –, hatte er den Schüler, gleich nachdem er ihn Baron genannt hatte, zweimal hintereinander ohne jedes Adels-Prädikat mit nichts weiter als seinem Familien-Namen angeredet. Würde Konrad es wagen, den Rex ebenso zurechtzuweisen, wie, vor sechs Wochen, den Klaßlehrer?

Er schien es riskieren zu wollen. »Aber Sie selbst haben doch ...«, setzte er an, aber der Rex ließ ihn nicht zu Ende reden.

»Also gut«, sagte er, gleichmütig, nicht leise, aber auch nicht laut, »eine Stunde Arrest. Heute nachmittag, von drei bis vier.« Er wandte sich an Kandlbinder. »Tut mir leid, Herr Doktor, daß ich Ihnen den Nachmittag verderben muß«, sagte er, darauf anspielend, daß der Klaßlehrer den Arrestanten würde beaufsichtigen müssen. »Aber einem Herrn von dieser Sorte darf man nichts durchgehen lassen.« Plötzlich lachte er auf. »Bei einem Freiherrn! ... Lassen Sie ihn Geschichte büffeln, heute nachmittag«, fügte er hinzu, »in Geschichte ist er ja lange nicht so gut wie in Griechisch.« Er schüttelte den Kopf. »Eigentlich merkwürdig bei einem, der so stolz ist auf seinen Adel, daß er sich für Geschichte nicht recht interessieren will.«

Er ist über den Konrad vollständig informiert, dachte Franz, er weiß sogar über dessen Leistungen in den anderen Fächern Bescheid. Franz beobachtete die Szene, den Rex, der es sichtlich genoß, wie die Klasse darüber staunte, daß er den Greiff so durch und durch kannte, und den Greiff, der nun nicht mehr den Saloppen spielte, sein Gesicht war gerötet, mit der Stunde Arrest hat er nicht gerechnet, dachte Franz.

Der Rex begann, sich wieder direkt mit dem Bestraften zu beschäftigen. Geduldig – aber auch tückisch, wie es Franz schien – belehrte er ihn. »Du hast sagen wollen, Greiff« – aufs neue gebrauchte er den Namen ohne jeglichen Zusatz –, »ich selber habe ja deinen Ordinarius mit Herr Doktor angeredet. Vielleicht hätte ich dich ausreden lassen, wenn du, wie es sich gehört hätte, zu mir gesagt haben würdest ›Aber Sie selbst, Herr Oberstudiendirektor‹, denn für dich bin ich nicht jemand, den du bloß mit ›Sie‹ anreden kannst, sondern immer noch dein Oberstudiendirektor, merke dir das, es ist ein Jammer, daß wir in Deutschland kein Militär mehr haben dürfen, da würdest du lernen, daß es kein ›ja‹ gibt, sondern nur ein ›jawoll, Herr Leutnant‹. – Ah«, sagte er, »beim Militär würde dir schon beigebracht werden, was Disziplin heißt.«

Unlogisch, dachte Franz, auch wenn wir ein richtiges Militär hätten, nicht bloß diese hunderttausend Mann Reichswehr, die uns die Engländer und Franzosen noch erlauben, könnten wir erst nach der Schule lernen, daß man zu einem Leutnant nicht einfach nur ›ja‹ sagt, sondern ›jawoll, Herr Leutnant‹, wir sind ja erst vierzehn, und obwohl auch Franz sich ein Militär wünschte, weil sein Vater im Krieg Offizier gewesen war, war ihm der Gedanke an die Art Leben im Militär, die in dem Ton zu spüren war, den der Rex anschlug, nicht besonders angenehm; ob der Rex auch an der Front gelegen hat wie mein Vater, der dreimal verwundet worden ist, fragte er sich, er konnte es sich nicht vorstellen, der Rex sah nicht aus wie ein Frontsoldat, ja nicht einmal wie jemand, der irgendwann einmal verwundet worden war.

»Hoffentlich werdet ihr alle noch dienen müssen«, fügte der Rex hinzu, sich dabei an die ganze Klasse wendend, »hoffentlich ist das Reich bald wieder stark genug«, aber dann fand er von der Erinnerung an seine Militärzeit fast ohne Übergang wieder zu Konrad Greiff zurück.

»Aber auch wenn du mich korrekt mit meinem Titel angeredet hättest«, sagte er, »hätte ich dir nicht erlaubt, deinen Klaßlehrer auf die gleiche Weise anzusprechen, wie ich es tue.« – Hatten ihn die vielen ›hätte‹ und ›würde‹ erschöpft?

Um eine Spur noch gleichgültiger, als er bisher schon geredet hatte, klang es jedenfalls, als er hinzufügte: »Daß du den Herrn Professor mit seinem Namen angesprochen hast, ist besonders ungehörig gewesen. – Kandlbinder!« zitierte er. »Tz, tz, tz! Allein dafür hätte dir schon gleich die Stunde Arrest gebührt.«

Er hatte sich etwas zu lange und zu gewählt über Konrads Formfehler verbreitet, er schien fest entschlossen, zu übersehen, in welchen Zustand er den Schüler getrieben hatte, sogar Konrads Nacken ist ganz rot angelaufen, dachte Franz. Das Tz-tz-tz war wieder so herausgekommen, als gäbe es danach nichts mehr zu sagen, der Fall Greiff war nach diesem Zungenschnalzen als hoffnungslos erkannt und abgeschlossen worden, eigentlich unnötig, daß er immer noch weiter quasselt, dachte Franz, aber der Rex hörte noch nicht auf, er konnte sich nicht enthalten, auch noch zu sagen: »Quod licet Jovi, non licet bovi, wie du ja im Latein gelernt hast!« – Umständlich, geradezu gemütlich, so, als verfüge er über jede Menge Zeit für Belehrungen, brachte er es heraus, merkt er denn immer noch nicht, dachte Franz, daß er den Konrad bis aufs Blut gereizt hat, alle blickten auf ihren Mitschüler, dem jetzt der letzte Rest überlegenen Spottes ausgetrieben worden war, breitbeinig stand er da, und sie sahen, wie sich seine Hände hinter seinem Rücken zusammenschlossen und ineinander verkrampften. Dann kam es.

»Ich gehöre nicht zum Rindvieh«, stieß er hervor. »Und Sie sind nicht Jupiter. Für mich nicht! Ich bin ein Freiherr von Greiff, und Sie sind für mich überhaupt nichts weiter als ein Herr Himmler!«

Das war mehr, als die Klasse erwartet hatte. In dem sowieso aschfahlen Klassenzimmer hingen jetzt die bleichen Tücher von Reglosigkeit und Totenstille, sogar das Frühsommerlicht, welches die Kastanie ausströmte, die draußen im

Schulhof stand, brach sich auf einmal an den Fensterscheiben, kam nicht mehr herein. Nur noch der bevorstehende Ausbruch des Rex würde die Schüler aus der Spannung befreien, in die sie eingeschlossen waren; atemlos warteten sie darauf, zu erfahren, in welcher Weise er seine Selbstbeherrschung verlieren würde.

Sie wurden enttäuscht. Der Rex bewahrte seine Haltung, fuhr nicht wütend auf – enorm, wie er sich zusammennimmt, dachte Franz –, unnachahmlich gelassen schüttelte er seinen mächtigen, von dünnem weißem Haar wie von einer Kappe bedeckten Kopf, die gesunde, trotz seines Alters noch immer glatt gespannte Haut seines Gesichts verfärbte sich nicht einmal, und nur in der Art, wie er die griechische Grammatik endlich doch aus der Hand legte, lautlos, lauernd, entschieden, ließ er sich anmerken, daß er die persönliche Beleidigung, die unerhörte Frechheit, die Konrad Greiff sich geleistet hatte – in der ganzen Geschichte des Gymnasiums, welches den Namen des bairischen Königshauses trug, hatte sich niemals etwas Ähnliches zugetragen –, nicht durchgehen lassen würde.

Aber zunächst kehrte er bloß den Kenner heraus, den Gelehrten, der aus Liebhaberei in der Abiturklasse den Unterricht in Geschichte gab, obwohl er – als Rektor der Schule – nicht verpflichtet war zu unterrichten.

»Mit deinem Adel«, begann er, »ist es nicht so weit her, wie du denkst, Greiff.« – »Greiff«, wiederholte er, und er brachte es tatsächlich fertig, sich dabei einen überlegen-sachlichen Ausdruck zu geben, »das ist eigentlich nur so ein Übername, den sich viele Ritter zugelegt haben. Greif, Grif, Grip, so nannten sie sich, diese Herrschaften, nach dem sagenhaften Raubvogel, die meisten von ihnen waren ursprünglich nichts weiter als namenlose Bauernschinder, die irgendein Lehensherr als Aufseher über eines seiner Dörfer eingesetzt hatte.

Ihre Nachkommen wurden Raubritter, diese Greife, legten sich noch irgendeinen Flurnamen zu. Greif von Sowieso. Bei euch, den Greiffs aus Unterfranken, hat es nicht einmal dazu gereicht.«

Nur bei dem Ausdruck ›diese Herrschaften‹ hatte seine Stimme einen Augenblick lang unsachlich geklungen, boshaft, aber erst bei der Behauptung angelangt, Konrads Vorfahren seien eigentlich namenlos, hörte er mit seinen ekelhaften Belehrungen auf, fing er an, sich dafür zu rächen, daß Konrad Greiff zu ihm gesagt hatte, er sei für ihn ›nichts weiter als ein Herr Himmler‹. Und selbst dabei versuchte er, den Gemütlichen darzustellen, dieser Schauspieler, dachte Franz, plötzlich haßerfüllt, als er hörte, wie der Rex fragte: »Weißt du, wer mir das einmal ganz klar gemacht hat, Greiff? Dein alter Herr! Ich habe ja ein paarmal das Vergnügen gehabt, mich mit ihm zu unterhalten. Er ist ein Mann mit sehr gesunden Ansichten, kein bißchen eingebildet auf seinen Adelstitel.«

Scheißfreundlich hat er dem Konrad eine runtergehauen, dachte Franz, das gibt es also, daß einer so scheißfreundlich dem anderen eine runterhaut, er blickte schnell zu Hugo Aletter hinüber, um festzustellen, ob Hugo darüber ebenso empört war wie er, Franz, aber dessen blassem Gesicht war nichts anzumerken, er schaute nur gebannt auf die Szene, die sich da vorne am Lehrerpult abspielte, und auch Konrad selbst schien nichts von einer Ohrfeige bemerkt zu haben, und wenn, dann schüttelte er den Schlag mit einer kurzen Bewegung seines Körpers ab, seine Wut schien schon verraucht zu sein, seine hinter dem Rücken verkrampften Hände lösten sich, er fand wieder zur Sprache.

»Mein Vater spielt immer den Bescheidenen«, belehrte nun er den Rex, höhnisch, kalt. »Darin ist er ganz groß. Aber in Wirklichkeit ...« Er ließ den Satz in der Luft hängen, zuckte nur mit den Achseln, als er fortfuhr. »Wir haben zwei Schlösser, dreihundert Hektaren Felder und dreihundert Hektaren Wald.«

»Ich kenne Standesgenossen deines Vaters, die besitzen dreitausend Hektaren Boden«, erwiderte der Rex, er wollte schlagfertig erscheinen, aber es mißlang ihm, er konnte nicht mehr verbergen, daß er sich ärgerte. Er ärgert sich nicht über das, was der Konrad gesagt hat, sondern darüber, daß er überhaupt etwas gesagt hat, dachte Franz. Weil es das auf der Schule einfach nicht gibt, daß ein Schüler seinem Lehrer – und noch dazu dem Rex! – widerspricht, und nicht nur widerspricht, sondern so tut, als könne er mit seinem Lehrer reden wie mit irgendwem. Pfundig, wie der Konrad das fertiggekriegt hat! Der Rex hätte diese unverschämte Angeberei mit Schlössern und Feldern und Wäldern wegwischen müssen, mit einer Handbewegung, statt dessen hatte er sich mit dem Konrad auf ein Gewörtel eingelassen, fand auch jetzt noch aus dem Gewörtel gar nicht mehr heraus.

»Eure Schlösser sind nicht sehr alt«, räsonierte der Rex, der vielleicht schon wußte, daß er die Partie verloren hatte. »Sechzehntes Jahrhundert!« sagte er, in einem Ton, als sei das nichts. Und er ließ sich auch noch verleiten, aufzutrumpfen. »Wir Himmlers sind viel älter.« Er hob seinen rechten Zeigefinger. »Nachweisbar ganz altes Stadtpatriziat vom Oberrhein. Es gibt ein Himmler-Haus in Basel und eines in Mainz. Das in Basel trägt die Jahreszahl 1297!«

»Gratuliere!« sagte Konrad.

Wahrscheinlich wußte er so wenig wie alle anderen, was das war: *Stadtpatriziat*; in dem Geschichtsunterricht, den sie bisher erhalten hatten, von der Quinta bis zur Tertia, war ein solches Wort noch nie vorgekommen, Franz langweilte sich im Geschichtsunterricht, er hatte keine Lust, die Jahreszahlen von Schlachten, in denen sich, wie ihnen beigebracht wurde, das Geschick von Völkern oder von großen Männern entschied, auswendig zu lernen, *Stadtpatriziat* – das mußte, so, wie der Rex es aussprach, etwas Hohes bedeuten, etwas Ähnliches wie *Adel,* was dieser Konrad von Greiff natürlich nicht gelten lassen durfte, für ihn gab es nichts, was dem Adel auch nur das Wasser reichen konnte, aber da er mit dem Rex nicht über ein ihm unbekanntes Wort zu streiten imstande war, und außerdem, weil ihm jetzt schon alles wurscht ist, dachte Franz, weil er genau weiß, daß er seine Schmähung des Rex nicht wiedergutmachen kann, schon damit, daß er den Rex bei seinem Namen genannt hat, hat er die erste aller Schulregeln mißachtet, Lehrer hatten keine Namen, sie hatten Titel, im Verkehr des Klaßlehrers mit seinen Schülern gab es niemals einen Herrn Kandlbinder, sondern einzig einen Herrn Professor, und Konrad hatte sich nicht darauf beschränkt, den Rex bei seinem Namen zu nennen, sondern ausdrücklich erklärt, er sei für ihn *nichts weiter* als dieser Name, Himmler, eine so schwere Kränkung, daß nichts sie ungeschehen machen konnte, dem Konrad ist jetzt alles egal, er kümmert sich nicht mehr um die Folgen, er will bloß noch ausprobieren, wie weit er gehen kann, beim Kandlbinder ist er sowieso unten durch, und jetzt auch bei dem Rex, unwiderruflich, eigentlich riskiert er gar nichts mehr, wenn er dem Rex auch noch sau-frech Glück wünscht zu seinem *Stadtpatriziat.*

»Gratuliere!« Das war schon die Höhe! Es mußte dem Faß den Boden ausschlagen.

Der Klaßlehrer, während der ganzen Szene nur noch ein Schatten vor der schwarzen Tafel, bewegte sich jetzt endlich, wollte sich einmischen, dem hohen Vorgesetzten beispringen, vielleicht einen Ausruf wie »Aber das ist ja unerhört!« ausstoßen, aber auch diesmal kam ihm der Rex zuvor, dem jetzt nichts anderes mehr übrigblieb, als Vergeltung zu üben, das ›Gratuliere!‹ kann er niemals auf sich sitzen lassen, dachte Franz, und wieder bewunderte er den Rex, weil dieser nicht explodierte, sondern ruhig blieb, sich keine Erregung anmerken ließ.

»Nun ja«, sagte er, wobei er seiner Stimme einen gleichgültigen, fast müden Klang gab, »da ist ja scheint's Hopfen und Malz verloren.« Und dann sprach er das Urteil aus, das sicherlich schon festgestanden hatte, seitdem Konrad Greiff ihn als ›nichts weiter als einen Herrn Himmler‹ bezeichnet hatte.

»Ich werde deinem Vater schreiben und ihn bitten, dich von dieser Schule zu nehmen«, sagte er. »So, wie ich ihn kenne, wird er darüber nicht begeistert sein. Aber er wird einsehen, daß es für einen solchen Lümmel wie dich auf meiner Schule keinen Platz gibt.«

Seine Schule, dachte Franz. Als ob sie ihm gehörte! Dabei ist sie bloß eine Penne wie jede andere. Aber er redet von *seiner* Schule, von *meiner* Untertertia B, mit der er machen kann, was er will.

Der Konrad war also relegiert worden, obwohl er ein ausgezeichneter Grieche war, aber auch ein so frecher Hund, daß der Rex mit ihm nicht fertig wurde. Sie hatten noch nie erlebt, wie ein Schüler relegiert wurde. Das Wort ›Relegation‹ war für sie nur die dunkle Androhung einer Strafe, so schwer, daß sie nie vollstreckt wurde.

Da Konrad noch immer mit dem Rücken zur Klasse stand, konnte Franz nicht feststellen, welchen Eindruck seine Entlassung auf ihn machte, offenkundig keinen, denn ihm blieb nicht einen Moment lang die Sprache weg, sondern sie hörten, wie er, ohne zu zögern, und mit fast fröhlicher Stimme fragte: »Dann brauche ich ja auch die Stunde Arrest heute nachmittag nicht mehr abzusitzen, nicht wahr, Herr Oberstudiendirektor?«

Damit war es ihm endlich gelungen, die Geduld des Rektors – die echte oder die scheinbare, wie Franz überlegte – zu erschöpfen, der Rektor stand hinter dem Pult auf und herrschte den Schüler an. »Setze dich, Greiff!« sagte er. »Du wirst abwarten müssen, was die Schule dir noch mitteilen wird. Bis dahin hast du dich in ihre Ordnung zu fügen.«

Sie sahen, wie Konrad nach kurzem Zögern, achselzuckend, dem Befehl gehorchte. Es sah aus, als wolle er sagen: ›Der Klügere gibt nach‹. Eigentlich hätte er es aber nicht mehr nötig, nachzugeben, überlegte Franz, er ist hinausgeschmissen worden, er könnte seine Bücher und Hefte zusammenpacken und abziehen, aber Konrad drehte sich bloß um und ging zu seinem Platz zurück, und nur das schiefe Lächeln, das er zur Schau trug, verriet, daß er sich nicht so gänzlich als Sieger fühlte, obwohl er doch aus diesem Zweikampf als Sieger hervorgegangen war.

Der Rex setzte sich nicht wieder hin. Er verließ seinen erhöhten Platz hinter dem Pult, stand eine Weile mit dem Klaßlehrer zusammen, die beiden Männer unterhielten sich flüsternd, bestimmt reden sie über den Konrad, dachte Franz, der Rex gibt dem Kandlbinder Anweisungen, wie er den Konrad behandeln soll, solange der noch in der Schule ist, die Klasse wurde unruhig, weil die Spannung vorbei war, und der Rex ließ sie gewähren, doch trat sofort wieder Stille ein, als er begann, zwischen den Bankreihen hin und her zu gehen, ein beleibter Mann in einem hellgrauen Anzug aus dünnem Stoff, dessen Jacke aufgeknöpft war, das weiße Hemd wölbte sich über seinem Bauch, noch immer glänzte die blaue Krawatte, tadellos geschlungen und gelegt, und hinter der Brille mit dem dünnen Goldrand blickten die blauen Augen wieder liebenswürdig, ja gütig, die Roßkastanie auf dem Schulhof filterte das Licht eines schönen Maitags auf die geschlossenen Fensterscheiben des Klassenzimmers, München leuchtete, der Rex leuchtete, und doch dachten alle, was Franz dachte: jetzt sucht er sich ein neues Opfer aus. Er überläßt es nicht mehr dem Kandlbinder, die Schüler aufzurufen, Mensch, dachte Franz jäh, da kann es ja auch mich erwischen, er erschrak bei der Vorstellung, der alte Himmler könne ausgerechnet ihn nach vorne holen, an die Tafel, um ihn in Griechisch zu prüfen.

Schon seit einer Weile dachte er *der alte Himmler,* nicht mehr der Rex, weil ihm, sogleich als Konrad Greiff dem hohen Tier einen Namen gegeben hatte – so, wie man einen Hund ja nicht Hund ruft, sondern *Hektor* oder *Buzi* –, eingefallen war, wie ihn sein Vater, als er ins Gymnasium eintrat, vor dem Oberhaupt der Schule gewarnt hatte.

»Oberstudiendirektor im Wittelsbacher ist der alte Himmler«, hatte er gesagt. »Vor dem nimm dich in acht! Du wirst ja, besonders in den Unterklassen, kaum mit ihm zu tun haben, aber wenn, dann hüte dich, bei ihm unangenehm aufzufallen! Der Mann ist gefährlich!«

Das war nun schon gut drei Jahre her, und inzwischen hatte sich der Titel vor den Namen geschoben, der Rex war eben für die ganze Schule der Rex, nichts weiter – nichts weiter als ein Herr Himmler war er scheinbar nur für Konrad Greiff. Übrigens hatte sein Vater ihm nie erklärt, warum er den Mann für gefährlich hielt. Franz hatte sich aber darüber gewundert, daß er ihn den alten Himmler nannte; der Rex war doch höchstens ein paar Jahre älter als Vater! Ehe er ihn deswegen befragen konnte, hatte er aber schon eine Antwort bekommen, vermittels eines Vergleichs, indem sein Vater nämlich einen *jungen Himmler* erwähnte, der des Oberstudiendirektors Sohn war.

»Der junge Himmler ist schwer in Ordnung«, hatte sein Vater erzählt. »Ein ausgezeichneter junger Mann, ein Hitler-Anhänger, aber nicht einseitig, er kommt auch immer zu uns Ludendorff-Leuten und in die ›Reichskriegsflagge‹, von den jungen Kameraden, die bei uns aus- und eingehen, ist er der Gescheiteste und Zuverlässigste, ruhig, aber eisern entschlossen, Jahrgang 1900, deswegen konnte er nicht mehr Frontsoldat werden, aber ich glaube, im Graben hätte er bestimmt seinen Mann gestanden, so einen wie ihn hätte ich gern in meiner Kompanie gehabt, er ist mit seinem Vater tödlich verfeindet, der alte Himmler ist nämlich Bayerische Volkspartei, schwarz bis in die Knochen, hält sich zwar für einen nationalen Mann, aber im Krieg war er ein Etappenhengst, und er ist nicht einmal Antisemit, er findet nichts dabei, mit Juden zu verkehren, das muß man sich einmal vorstellen, mit Juden!, deswegen hat sein Sohn die Beziehungen mit ihm abgebrochen, der junge Himmler würde sich niemals mit Juden, Jesuiten und Freimaurern an einen Tisch setzen.«

»Der alte Himmler ist ein Karriere-Macher«, fügte er hinzu. »Hüte dich im Leben vor den Karriere-Machern, mein Sohn!« sagte er feierlich. »Er geht jeden Sonntag zum Hochamt in die Michaelis-Kirche in der Kaufingerstraße. Dort kannst du sie alle beisammen sehen, die in München zur Crème gehören wollen.«

Woher weiß er das, hatte Franz sich gefragt, während er sich die Auskunft anhörte, Vater ist doch Protestant, er hat meines Wissens noch nie eine katholische Messe besucht, die Kiens waren eine protestantische Familie, die Mutter war aus der katholischen Kirche ausgeschlossen worden, weil sie einen Protestanten geheiratet hatte und ihre Kinder – wie der Vater es verlangte – protestantisch getauft worden waren. Franz Kien senior – denn Franz hatte bei der Taufe den Vornamen seines Vaters erhalten – war nicht nur Ludendorff-Anhänger und Antisemit, sondern auch gläubiger Lutheraner, er hat mich, ehe ich konfirmiert wurde, jeden Sonntag in den Kindergottesdienst in der Christus-Kirche geschickt, erinnerte sich Franz.

Damals, vor drei Jahren, hatte sein Vater noch lebhaft, temperamentvoll gesprochen, wenn er seinen Söhnen die Lehren seines Abgotts, des Generals Ludendorff, vortrug, mit metallischer, jeglichen Widerspruch ausschließender Stimme, die zu seinem feurigen, zu hitziger Farbe neigenden Kopf unter den schwarzen Haaren paßte, so daß sie Franz jedesmal beeindruckte, während er ihr zuhörte – erst nachher kamen ihm Bedenken, Einwände –, jetzt, drei Jahre später, war diese Stimme matt geworden, überhaupt machte Vater auf Franz einen gebrochenen Eindruck, die Krankheit, an der er litt, hatte ihn verändert, er lag jetzt viel, seine Geschäfte gingen schlecht, und er zog nie mehr seine Hauptmanns-Uniform an, wenn er, zwar noch immer straff aufgerichtet, aber doch in Zivil, zu einer jener nationalistisch-militärischen Feiern ging, wie sie in München aus jedem nur erdenklichen Anlaß stattfanden. Nur die Ordensrosette in dem Knopfloch seines bürgerlichen Anzugs ließ erkennen, daß er im Kriege schwer verwundet und ihm das Eiserne Kreuz erster Klasse verliehen worden war.

Der Rex, wie er so zwischen den Bankreihen umherging, sah nicht aus wie einer, der irgendwann einmal ein Verwundeten-Abzeichen erhalten hätte. Gesund sieht er aus, dachte Franz, dick und gesund, auch wenn er keiner von den lustigen Dicken ist, er sieht nicht leidend aus wie Vater, dabei muß er nicht, wie ich gedacht habe, nur ein paar Jahre, sondern mindestens zehn Jahre älter sein als Vater, sechzig wahrscheinlich, wenn er einen Sohn hat, der doppelt so alt ist wie ich und der schon in der Politik mitmacht, jedenfalls sieht der alte Himmler gut erhalten aus, nur aus der Nähe sieht man, daß sein Gesicht nicht faltenlos ist, sondern aus tausend winzigen Fältchen besteht, aber seine Haut wirkt trotzdem glatt, so hell gerötet, wie sie ist, hell fleischrot unter den glatten weißen Haaren, alles an ihm ist hell, glatt, scheißfreundlich und so pieksauber wie sein weißes Hemd, aber ich mag ihn nicht; mein kranker Vater, der nicht mehr so stolz aussieht, wie er früher ausgesehen hat, ist mir lieber, sogar dann, wenn er einen seiner Jähzornausbrüche hat und herumschreit, weil ich in Mathe wieder eine Fünf geschrieben habe, dabei kann ich doch gar nichts dafür, daß ich in Mathe schlecht bin, und der blasse langweilige Kandlbinder ist mir immer noch lieber als dieser ungemütliche Bonze, nicht für viel Geld möchte ich dem sein Sohn sein, ich kann verstehen, daß sein Sohn mit ihm Krach bekommen hat und ihm davongelaufen ist, wenn er sich immer solche Sprüche hat anhören müssen wie den vom Sokrates – daß eine Schallplatte mit der Stimme vom Sokrates das Größte wäre, was sich denken läßt. Und wie der Sokrates den Schierlingssaft runtergurgelt – würde der alte Himmler dabei auch zuhören können? Franz traute es ihm glatt zu. Oder Christus am Kreuz, die letzten Worte – Franz' Phantasie geriet ins immer Ausschweifendere –, das wär's doch, was der Herr Oberstudiendirektor, der ja schwarz bis in die Knochen war, wie Vater behauptete, sich immer wieder auf dem Grammophon vorspielen würde, angenommen, sie hätten damals, auf dem Ölberg, schon dieses ›Vater, Vater, warum hast du mich verlassen?‹ aufnehmen können.

Andererseits war der Rex ein Mann, der mit dem Zeigefinger kategorisch auf die griechische Grammatik weisen und erklären konnte: »Glaubt bloß nicht alles, was da drin steht!« Sokrates verehren und die Grammatik anzweifeln – wie brachte er in seinem Kopf denn das zusammen? Entweder hat er einen größeren Gehirnkasten als die übrigen Lehrer, Kandlbinder zum Beispiel, oder er war ganz einfach ein bißchen plemm-plemm.

Er kam jetzt den Gang entlang, an dessen Innenseite Franz Kien saß, und blieb neben ihm stehen. Franz wagte nicht, zu ihm aufzublicken, er hielt den Kopf gesenkt, nahm nur den mit dem weißen Hemd bespannten Bauch neben sich wahr, und eine Hand, auf der weiße – oder waren es blonde? – Härchen über ein paar braunen Altersflecken schimmerten, der Rex trug einen breiten goldenen Ehering an dem Ringfinger seiner rechten Hand, alle diese Beobachtungen stellte Franz nur an, in der verzweifelten Hoffnung, der Rex möge es vielleicht doch nicht auf ihn abgesehen haben, obwohl er doch bei seinem Pirschgang neben Franz innegehalten hatte, ein Jäger, der ein Knacken im Unterholz gehört hat.

Und wirklich schien das Stoßgebet, das sich in Franz' starrem Wegblicken von dem Gesicht des Rex ausdrückte, etwas genützt zu haben, denn der Rex wandte sich nicht an Franz, sondern an den neben Franz sitzenden Hugo Aletter, aber nicht, um ihn zur Prüfung aufzurufen, sondern nur, um mit der Hand, an welcher der goldene Ehering glänzte, an Franz' Gesicht vorbei, auf Hugo zu weisen.

»Nimm sofort das Abzeichen von deiner Jacke!« sagte er scharf.

Hugo hatte sich vor ein paar Wochen aus dünnem vergoldetem Blech ein Hakenkreuz zurechtgeschnitten, es war ihm gut gelungen, und er trug es mit Stolz auf dem Revers seiner Jacke. Viel hatte es nicht zu bedeuten, wie Franz wußte, Hugo trug es nur, weil ihm das Zeichen gefiel und weil seine Eltern, die deutschnational waren, wie fast alle Eltern der Gymnasiasten, nichts dabei fanden. Ja, wenn er sich das richtige Parteiabzeichen der Hitler-Leute verschafft hätte, ein rundes Ding aus Emaille, hätten sie es ihm weggenommen, das wäre ihnen doch zu weit gegangen, auch nicht passend erschienen für sein Alter, aber so eine kleine Bastelei ließen sie ihm, sie war bloß ein Symbol, eine Buben-Spielerei.

Franz sah – erleichtert, weil die Aufmerksamkeit des Rex also nicht ihm galt – zu Hugo hinüber, er beobachtete, wie sich Hugos blasses pickeliges Gesicht verfärbte und wie er hastig, beflissen das Hakenkreuz von dem Stoff nestelte und es in die Jackentasche steckte.

Der Rex ließ den Arm sinken. Er wandte sich an den Klaßlehrer, der von seinem Platz vorne an der Tafel offenbar nicht loskam. Er steht da wie festgepappt, dachte Franz.

»Es ist Ihnen doch bekannt, Herr Kandlbinder«, sagte er, »daß ich an meiner Schule keine politischen Abzeichen wünsche.«

Er hatte alle gemachte Höflichkeit abgelegt, redete den Studienrat nicht mehr mit ›Herr Doktor‹ an.

»Ich habe die Schüler immer wieder darauf hingewiesen«, erwiderte Kandlbinder.

»Tz, tz, tz!« Der Rex fand endlich wieder Gelegenheit, seinen berühmten, jegliches weitere Gespräch ausschließenden Schnalzlaut anzubringen, der immer wie ein Peitschenknallen klang. »Dann werde ich es also am Schwarzen Brett noch einmal bekanntmachen. Daß man immer alles wiederholen muß! – Keine politischen Abzeichen!« rief er aus, jetzt wieder über die Köpfe der Schüler hin. »Möglichst überhaupt keine Abzeichen! Laßt euch das gesagt sein!«

Es klang glaubhaft. Er meinte also nicht nur Hugos Hakenkreuz, wenn er das Tragen von politischen Abzeichen, von Abzeichen überhaupt, verbot. Obwohl ihn das Hakenkreuz sicher besonders ärgert, dachte Franz, weil er ihm die Schuld daran gibt, daß er mit seinem Sohn verfeindet ist, tödlich verfeindet sogar, wie Vater sagte. Sie verkehrten nicht mehr miteinander, der alte und der junge Himmler. Allerdings bezweifelte Franz, daß der Sohn des Rex nur deswegen von Zuhause weggelaufen war, weil er ein Hakenkreuzler geworden war. Vielleicht war er ein Hakenkreuzler geworden, weil ihm der Alte so auf den Kasten ging, daß er es bei ihm nicht mehr aushielt.

Aber dann lieferte der Rex eine Begründung für seine Maßnahme gegen das Tragen von Abzeichen, die einfach hinhaute.

»Wenn ich das da dulde«, sagte er und wies noch einmal auf den jetzt leeren Revers von Hugos Jacke, »dann kann ich nicht einmal etwas dagegen machen, wenn demnächst einer mit dem Sowjetstern in die Schule kommt. – Na, ja«, fügte er hinzu, »so einer flöge allerdings gleich im hohen Bogen aus der Schule hinaus.«

Klar, dachte Franz. Angesichts eines Sowjetsterns konnte der Rex sich nicht damit begnügen, zu sagen: »Nimm ihn ab!« Da müßte er schon andere Saiten aufziehen. Obwohl Franz niemanden in der Klasse, ja in der ganzen Schule keinen einzigen Schüler oder Lehrer kannte, dem zuzutrauen war, er sei Bolschewist. Das gab es doch einfach nicht. Wie der Rex sich so etwas überhaupt vorstellen konnte! Aber der dachte eben an alles.

Hakenkreuzler gab es eine ganze Menge, aber es gab auch ein paar Juden unter den Schülern, in der Untertertia B gab es den Bernstein Schorsch, der Bernstein Schorsch war ein pfundiger Kerl, im Winter ging er mit ihnen zum Schifahren, er brachte ihnen eine prima Technik bei, die Felle auf die Laufflächen zu kleben, so daß ihnen der Aufstieg leichter fiel, und wie er die Brauneck-Abfahrt machte, die so steil ist und dabei so eng, das war einfach Klasse, bei dem Bernstein Schorsch merkte man überhaupt nicht, daß er Jude war, seine Eltern waren übrigens genauso deutschnational wie fast alle anderen Eltern, Franz hatte es einmal seinem Vater erzählt, und dieser hatte gesagt: »Ja, ja, es gibt ein paar anständige Juden, trotzdem, nimm dich auch vor ihnen in acht!«, aber was das betraf, so konnte Franz seinem Vater nicht zustimmen, das war doch offensichtlicher Unsinn, der alte Bernstein war im Weltkrieg Frontkämpfer gewesen wie sein Vater, auch er hatte das EK I, Franz fand keinen Grund, sich vor dem Bernstein Schorsch in acht zu nehmen, wenn dieser ihm die Vorzüge seiner altmodischen Bilgeri-Bindung erklärte, während sie, von der Abfahrt total verschwitzt, durch die Straßen von Lenggries gingen. Ob der junge Himmler vielleicht sein Urteil über die Juden ändern würde, wenn er mehr mit Juden wie dem Bernstein Schorsch zusammenkäme? Franz traute es ihm zu, wünschte es sich, weil ihm der junge Himmler, obwohl er ihn nicht kannte, sympathisch war; an einem Sohn, der vor diesem Vater, vor dieser alten, abgespielten und verkratzten Sokrates-Platte stiftengegangen war, mußte ja etwas dran sein. Nur daß er zu diesem antisemitischen Herrn Hitler gelaufen war, als könne der ihm ein neuer Vater sein, gefiel Franz nicht; Franz hatte Fotos von Hitler gesehen – Hitler hatte ein Gesicht, das ihn nicht interessierte. Er sah blöd und mittelmäßig aus. Da stellte Franz sich doch auf die Seite des alten Himmler, der das Hakenkreuz am Wittelsbacher Gymnasium nicht duldete, weil er natürlich verhindern mußte, daß beispielsweise der Hugo Aletter und der Bernstein Schorsch sich prügelten, auch wenn er sich hütete, zuzugeben, daß er deswegen den Hugo so hart angelassen hatte, denn es gab schon zu viele Hakenkreuzler in der Schule, mit denen er sich doch nicht anlegen wollte, er brachte lieber das Argument mit dem Sowjetstern, bei dem ihm keiner widersprechen konnte, und er verdeckte damit, daß er mit dem Hakenkreuz eine spezielle Rechnung zu begleichen hatte.

Aber dann hörten Franz Kiens Gedanken ganz plötzlich auf, sich weiterzubewegen, denn der Rex ließ die Hand, die soeben noch auf Hugo Aletter gedeutet hatte, auf Franz' Schulter sinken und fragte: »Nun, Kien, wie sieht es denn mit deinem Griechisch aus?« Er legte die Betonung auf das Wort ›deinem‹.

Ausgeschlossen, dachte Franz. Das konnte es nicht geben. Aber dann gleich: es hat stattgefunden. Es findet statt. Der Rex wird mich in Griechisch prüfen. Herrgottsakrament. Himmelherrgottsakrament. Ein Unglück. Ein Unglück ist geschehen. So muß es sein, wenn man von einem Auto überfahren wird. Unvermutet stößt einen etwas Eisernes an, schmettert einen auf die Straße. »Setz dich wieder hin, ich will lieber einen anderen drannehmen!« Dieser Satz würde nicht ausgesprochen werden, er war bloß eine irre Hoffnung, schnell verflackernd, nachdem Franz aufgestanden war, denn ein Schüler, der von einem Lehrer angesprochen wurde, mußte aufstehen, und Franz war aufgestanden und hatte sich neben die Bank gestellt, weil auch er für sein Alter so hoch aufgeschossen war, daß er in dem Raum zwischen der Bank und dem Pult nicht stehen konnte. Er wußte, daß er auf die Frage, wie sein Griechisch aussähe, nicht zu antworten brauchte, ja nicht einmal antworten durfte, er hätte auch nichts, gar nichts auf sie antworten können, so benommen war er in diesem Augenblick von dem Unerhörten, das sich wie ein Schleier über ihn senkte, wirklich empfand er seine Augen als getrübt, sein Blickfeld als verengt, er nahm kaum wahr, wie die schadenfrohen Gesichter der Umsitzenden sich auf ihn richteten.

Die Frage, wie es mit seinem Griechisch aussähe, hatte noch leutselig geklungen, so, als ob der Rex nur halb daran interessiert sei, zu erfahren, wie Franz mit dem Alt-Griechischen zurechtkam, aber seine Stimme wurde um ein Gran härter, als er hinzufügte: »Hoffentlich hast du dir im Griechischen etwas mehr Mühe gegeben als im Latein, bei dem du dich ja nicht gerade mit Ruhm bedeckt hast.«

Er demonstrierte damit vor der Klasse, daß er über die Leistungen des Schülers Franz Kien genauso im Bilde war wie über diejenigen von Konrad Greiff. Wahrscheinlich ging er die

Zeugnisse jedes Schülers durch, ehe er eine Klasse inspizierte, und er wählte dabei schon aus, welche Schüler er sich vornehmen würde. Die Klasse sollte ruhig wissen, daß er nichts dem Zufall überließ, daß er sich auf die Begegnung mit ihr sorgfältig präpariert hatte – er legte es darauf an, daß sie es erfuhr.

Franz blieb weiter stehen. Es war ja immerhin möglich, daß der Rex ihn nicht an die Tafel zitierte, sondern es bei ein paar mündlichen Fragen bewenden ließ. Und einen Augenblick lang hoffte er, wie durch ein Wunder dem ganzen Schrecken entronnen zu sein, denn der Rex sagte, wenn auch maliziös lächelnd: »Es ist verdienstvoll, Franz Kien zu loben.«

Franz starrte ihn an wie eine Erscheinung, er ließ vor Erstaunen seine Unterlippe hängen. Was will er denn damit, dachte er, wir haben doch keinen Satz durchgenommen, in dem mein Name vorkommt. Er will mich auf den Arm nehmen. Verscheißern will er mich.

»Du scheinst überrascht zu sein«, sagte der Rex. »Sei doch so gut und schreibe diesen Satz an die Tafel! Auf Griechisch natürlich. Ihr habt ihn ja durchgenommen, während der letzten oder vorletzten Stunde ...«, er drehte sich halb zu dem Klaßlehrer um, und Kandlbinder rief: »Vergangenen Dienstag!«

»... als eines der einfachsten Beispiele für den Gebrauch des Infinitivs«, fuhr der Rex fort. »Der Infinitiv als Adverbiale des Zweckes. Weißt du, was eine Adverbiale ist?«

Franz blieb stumm, lieber nichts sagen als etwas Falsches, dachte er, und der Rex schien der gleichen Meinung zu sein. »Brauchst du auch nicht zu wissen«, sagte er, ehe er ergänzte: »Aber den Satz da mußt du können. Den habt ihr nämlich lernen müssen für heute.«

Und er wies Franz mit nach oben gewendeter Handfläche, wie liebenswürdig einladend, in Wirklichkeit aber bösartig, unerbittlich, zur Tafel hin, vor der Studienrat Kandlbinder jetzt zur Seite trat, die dunkle, drohende Fläche freigebend, die leer war, abgesehen von den Zeichen für die drei Doppelkonsonanten, die Werner Schröter in ihre linke obere Ecke eingetragen und nicht ausgewischt hatte, als er so schnell wieder auf seinen Platz zurückgegangen war, weil der Rex sich für Primusse nicht sonderlich interessierte.

Dieser folgte Franz nach vorne – wie er hinter mir herschleicht!, dachte Franz –, setzte sich aber nicht wieder an das Pult, sondern griff nur nach der Grammatik, betrachtete die aufgeschlagene Seite und zitierte daraus, in Richtung Kandlbinder: »Adverbiale des Zweckes bei Adjektiven! Tz-tz-tz – damit sollen Vierzehnjährige etwas anfangen können! Und dann steht auch noch dabei: Supinum II oder Dativ des Zweckes oder konsekutiver Relativsatz. Das ist ja zum Bebaumölen!« Seine Stimme war jetzt geladen mit offenem Hohn. An die Klasse appellierend, rief er: »Weiß einer von euch, was ein konsekutiver Relativsatz ist?« Und als kein Arm sich hob, sagte er, wieder zu Kandlbinder: »Da haben Sie es! Ich weiß es nämlich auch nicht, muß jedenfalls erst scharf darüber nachdenken, was mit einem konsekutiven Relativsatz gemeint sein könnte.« Er legte seine Hand schwer auf das Buch. »Diese Grammatik-Verfasser!« grollte er. »Sie glauben, weil sie für den Unterricht an humanistischen Gymnasien schreiben, müssen sie alles und jedes auf den Begriff bringen.« Er hielt inne, schüttelte den Kopf. »Höchste Zeit«, sagte er, »daß ich mich darum kümmere, ob es nicht eine Grammatik gibt, die von Tertianern verstanden werden kann. Eine, die anschaulich ist. Lehrmaterial muß anschaulich sein, sonst ist es bloß toter Ballast.«

Franz hörte nicht zu, er faßte von der Rede nur gerade so viel auf, daß er sich sagte, wenigstens dieses eine Mal könne er dem Rex ohne Vorbehalt zustimmen, aber er konzentrierte sich nicht auf das, was der Rex von sich gab, empfand nur als angenehm, daß jener sich nicht mit ihm beschäftigte, solange er sich bei seinen lauten und vorwurfsvollen Selbstgesprächen über die Grammatik aufhielt.

Sie endeten abrupt. Die scharfen, blauen, von dünnem Gold eingefaßten Augen richteten sich auf Franz, dem bislang nichts weiter eingefallen war, als ein Stück Kreide in die Hand zu nehmen. Dann blickte der Rex auf die Tafel und fragte mit scheinheiliger Verwunderung: »Wieso steht denn der Satz noch nicht da? Ich dachte, du hättest ihn längst hingeschrieben.«

Franz stand hilflos vor der Tafel, in halb zu dem Rektor hingewandter Haltung, aber mit gesenkten Augen. Er rief sich mühsam den Satz ins Gedächtnis, aber ohne sich vorstellen zu können, wie er, in griechische Zeichen übersetzt, aussah, ja, wir haben so einen ähnlichen Satz am Dienstag durchgenommen, erinnerte er sich, aber ich habe inzwischen die Grammatik nicht mehr angeschaut, ich war die ganzen Nachmittage über bei dem schönen Wetter auf der Straße, und an den Abenden habe ich Karl May gelesen, *Durchs wilde Kurdistan*.

»Es ist verdienstvoll, Franz Kien zu loben, weil er ein begabter und fleißiger Schüler ist«, sagte der Rex mit sichtlichem Vergnügen. »Von ›weil‹ ab handelt es sich um einen konsekutiven Relativsatz, nicht wahr, Herr Doktor?«

Franz konnte nicht sehen, daß der nun an der Türe des Klassenzimmers stehende Studienrat sauersüß lächelte. Nur aus dem triumphierend geäußerten »Sehen Sie, so einfach ist das!« des Rex konnte er den Schluß ziehen, daß Kandlbinder seinem Vorgesetzten zugestimmt hatte.

»Also los, vorwärts!« sagte der Rex zu Franz. »Halte nicht den Betrieb auf! Den ›Franz Kien‹ erlasse ich dir natürlich. Schreibe einfach so, wie es in der Grammatik steht: ›Es ist verdienstvoll, das Land zu loben‹.«

Als er bemerkte, daß Franz unfähig war, den Einstieg in den Satz zu finden, ließ er sich herbei, ihm eine Hilfe zu geben.

»Estin«, sagte er.

»Ach so«, sagte Franz halblaut, in einem ungeglückten Versuch, dem Rex weiszumachen, ihm wäre nur gerade entfallen, was er natürlich gelernt hätte. Halb verlegen, halb verlogen, kam es heraus: »Ach so.«

Es gelang ihm, das Wort an die Tafel zu schreiben. εστιν. Kein schwieriges Wort.

Er ließ die Hand, welche die Kreide hielt, sinken, starrte angestrengt auf die Tafel, gab sich den Anschein, als müsse er nachdenken, aber er dachte gar nicht nach, wußte auch, daß es keinen Zweck hatte, nachzudenken, der Fortgang des Satzes würde ihm nicht einfallen. Niemals. Nie.

»Versuche einmal, den Satz mündlich aufzusagen, wenn du ihn schon nicht schreiben kannst!« forderte der Rex ihn auf.

Nur ein gequältes Schweigen antwortete ihm. Der Rex verlor die Geduld. »Du hast eben geschlafen, vergangenen Dienstag!« sagte er. Hammerschlägen gleich zählte er die Wörter des Satzes in Franz' und der Klasse Ohren.

»Estin … axia … häde … hä … chora … epaineisthai.«

Hatte Franz infolge seiner vollständigen Verwirrung, seines immer noch anhaltenden Schrecks darüber, daß er zur Griechisch-Prüfung aufgerufen worden war, überhaupt zugehört? Immerhin hatte er sich gemerkt, daß nach dem ›estin‹ das ›axia‹ kam, und er brachte es fertig, es fehlerfrei zu schreiben, wobei er die Doppelkonsonanten, die Werner Schröter auf der Tafel hatte stehen lassen, als Spickzettel benützte, denn sie erinnerten ihn noch zur rechten Zeit an die griechische Schreibweise des X, verhinderten, daß er dafür den lateinischen Buchstaben gebrauchte.

Bei den zwei Wörtern, die geklungen hatten wie Ziegengemecker, hä … hä, stockte er. Er brauchte zu lange, um sich darauf zu besinnen, daß es im Griechischen kein H gab, und gerade, als es ihm einfiel, sagte der Rex tadelnd: »Im Griechischen gibt es keinen Hauchlaut – das weißt du doch hoffentlich!« Franz nickte. »Aha«, sagte der Rex, »dann weißt du also nicht, wie das ›eta‹ geschrieben wird.« Er trat an die Tafel, ergriff ein Stück Kreide und schrieb die beiden Wörter ηδε und η hin. Sicher, in willensstarkem Duktus standen sie neben Franz' fahrigem, widerhakigem, unreifem αξια.

Gemein, dachte Franz, nur zwei Sekunden länger hätte er mir Zeit geben müssen, dann hätte ich mich an das ›eta‹ erinnert, das griechische Alphabet habe ich doch ganz gut intus, sonst könnte ich ja den Satz, den ich überhaupt nicht gelernt habe, nicht doch einigermaßen an die Tafel bringen, das Alphabet hat mir Spaß gemacht, als wir Griechisch angefangen haben, Ostern, es gefiel mir, die Buchstaben sind schön, aber dann, als es losging mit der Grammatik-Büffelei, habe ich auf einmal keine Lust mehr gehabt.

»Ich sollte dich auf deinen Platz zurückschicken«, sagte der Rex, »denn es steht ja schon fest, daß du nichts gelernt hast und nichts weißt. Aber wir machen noch ein bißchen weiter, Kien, es interessiert mich denn doch, das Ausmaß deiner Faulheit und Unwissenheit festzustellen.«

Er erkennt also nicht einmal an, daß ich – wenigstens bis jetzt – die Wörter fehlerfrei geschrieben habe. Auch das ›häde‹ und das ›hä‹ hätte ich noch richtig hingekriegt. Bei dem Ziegengemecker ist er mir nur zuvorgekommen. Aber er will mich fertigmachen. Er ist wie der Konrektor Endres.

Der Konrektor Endres gab in der Untertertia B den Mathematik-Unterricht. Er war ein kleiner, vierschrötiger Mann mit unerhört breiten Schultern und einer Gesichtshaut, die aussah wie gelb gegerbtes Leder. Einmal, als er ein Bündel korrigierter Schularbeiten verteilte und Franz die obligate Fünf erwartete, die er in Mathe zu schreiben pflegte, hatte er, so, daß die ganze Klasse es hören konnte, erklärt: »Da hat der Kien mit Müh' und Not auch einmal eine Drei zustandegebracht!«

»Bringen wir das Trauerspiel noch schnell zu Ende!« sagte der Rex. »Chora ... chora ... chora«, bläute er Franz ein, das CH des Wortanfangs als Rachenlaut ausstoßend.

Auch diesmal gelang es Franz, das Zeichen, das hier nötig war, das richtige Zeichen für das CH, zu finden.

χωϱα schrieb er.

»Donnerwetter«, sagte der Rex spöttisch, »eine Leistung!« Die Anerkennung kam so heraus, als habe Franz gerade gelernt, zwei und zwei zusammenzuzählen. »Jetzt fehlt nur noch das ›epaineisthai‹«, fuhr er fort. »Das wird dir ja nicht schwerfallen.«

Zögernd ging Franz das lange Wort an. Es störte ihn, daß der Rex zur Klasse sprach, während er langsam Buchstaben nach Buchstaben an die Tafel malte.

»Epaineisthai«, dozierte der Rex. »Das eben ist der Infinitiv, von dem die Grammatik spricht. ›Es lohnt sich, das Land zu loben‹«, übersetzte er, gewandt von der Alliteration Gebrauch machend, die ihm plötzlich eingefallen war. »Aber das ist genau wie im Deutschen. Ich verstehe nicht, warum euer Lehrbuch so tut, als hätten sich die Griechen da eine grammatische Extrawurst gebraten.«

»Aber Herr Direktor!« Plötzlich ließ sich Kandlbinder vernehmen, mit empörter Stimme. Die ganze Klasse hatte bis dahin halb interesselos, halb spöttisch wahrgenommen, wie ihr Ordinarius es schweigend schlucken mußte, daß der Rex, anstatt bloß zu beobachten, den Unterricht selber in die Hand nahm, so daß Kandlbinder nicht als Lehrer glänzen konnte – er hatte die Zurücksetzung ertragen, ohne sich zu wehren, aber mit seiner, wie Kandlbinder fand, unsachlichen Kritik an der Grammatik schlug der Rex dem Faß den Boden aus, sie konnte, sie durfte nicht hingenommen werden. Da schau her, dachte Franz, der Kandlbinder stellt sich auf die Hinterbeine; gespannt hörte er zu, wie der Fachmann in dem Lehrer zustande brachte, was dem Mann von Natur aus nicht gegeben war: er widersprach einem Vorgesetzten.

»Aber Herr Direktor«, sagte Kandlbinder, und es hörte sich nicht nur empört, sondern geradezu beleidigt an. »Die Sprachlehre setzt doch hier nur den Fall, man habe die deutsche adverbiale Form ›verdienstvoll‹ ins Griechische zu übertragen. Und sie will sagen, daß ein Adjektiv, welches als Adverbiale des Zweckes verwendet wird, im Griechischen den Infinitiv nach sich zieht, während uns im Deutschen durchaus noch andere Möglichkeiten zur Verfügung stehen könnten.«

Triumphierend betonte er das ›könnten‹, diesen, wie ihm schien, letzten und schlüssigsten Baustein seiner Beweisführung.

»So, meinen Sie?« erwiderte der Rex. Er sprach sanftmütig, in dem Ton vorsichtigen Zweifelns. Er unterbrach sich, und seine Stimme wurde nun geradezu ölig. »Ich fürchte, Herr Kollege, hier ist nicht der Ort, uns über den Unterschied zwischen Adverb und Adverbiale zu streiten. Denn darauf liefe unsere Unterhaltung doch wohl hinaus, nicht wahr, Herr Doktor?«

Franz hatte seine Niederschrift jenes Infinitivs, von dem die Rede ging, beendet und sich umgewandt. Er blickte von dem Rex zu dem Klaßlehrer – der Rex fühlte sich als Sieger, während Kandlbinder anzumerken war, daß er mit sich rang, ob er weiter streiten oder nicht doch besser den Mund halten solle. Wurde ›axia‹ in dem Satz, den er mit so vieler Mühe, aber doch recht und schlecht, wenn auch vorgesagt, an die Tafel gekrakelt hatte, als Adverb oder als Adverbiale gebraucht? Ihm, Franz Kien, war das vollständig wurscht, er wünschte sich nur, der Streit zwischen den beiden Paukern würde noch eine Weile andauern, möglichst bis die Stunde zu Ende war und das schrille Läuten draußen auf den Gängen des Gymnasiums den ganzen Alptraum dieser Unterrichtsstunde wie mit einem Zauberschlag auslöschen würde.

Aber der Rex beendete die Auseinandersetzung mit dem Studienrat, indem er erklärte: »Lassen wir das! Es wird sowieso erst Lehrstoff in der Obertertia.«

Er wandte sich wieder Franz zu, besah sich kopfschüttelnd das επεινεισθει, das dieser geschrieben hatte, schritt zur Tafel, griff nach dem Lappen, der auf dem Brett unter der Tafel lag, noch feucht von dem Gebrauch, den Werner Schröter von ihm gemacht hatte, löschte die ›e‹s nach dem ›pi‹ und dem ›theta‹ aus und <setzte> ›a‹s dafür ein, so daß schließlich in einem Gemisch aus so verschiedenen Schriften, wie es diejenigen Franz Kiens und des alten Himmler waren, einer widerspruchsvollen und laschen, und einer strengen, keinen Zweifel an sich verraten lassenden, das Wort korrekt an der Tafel stand: επαινεισθαι.

»Ich habe den Wechsel von ›ai‹ zu ›ei‹ bei den Silben genau vorgesprochen«, sagte der Rex. »Aber du scheinst unfähig zu sein, auch nur zuhören zu können.«

»Du«, sagte er, und in der Art, wie er dieses ›du‹ akzentuierte, lag unverkennbar die Absicht, Franz schon jetzt aus der Klasse, aus der Gemeinschaft seiner Mitschüler auszuschließen. »Du wirst die Obertertia nicht erreichen.«

Franz zuckte, wenn auch kaum merklich, mit den Achseln. Schon seit ein paar Minuten schwitzte er nicht mehr, jetzt war ihm eher kalt. Der Rex hatte ihn also aufgegeben. Nicht relegiert, wie den Greiff, dazu habe ich ihm keinen Anlaß gegeben, dachte Franz, ich bin ja nicht renitent wie der Greiff, aber aufgegeben hat er mich. Das Gute daran ist, daß er dann mit der Prüferei aufhören und einen anderen an die Tafel rufen wird. Wenn ich sowieso sitzenbleibe, braucht er mich ja jetzt nicht mehr zu examinieren.

»Es lohnt sich nicht, Franz Kien zu loben«, sagte der Rex.

Billig, dachte Franz, das mußte ja kommen. Nur, weil er diesen Satz umdrehen und mir um die Ohren hauen kann, hat er ihn überhaupt herausgesucht.

Der Rex besah sich noch einmal die Tafel. »Dabei könntest du, wenn du wolltest«, sagte er. »Du willst nur nicht.«

Auch diese Feststellung war für Franz nicht neu. Er bekam sie in regelmäßigen Abständen von seinem Vater und von allen seinen Lehrern zu hören. Sie hing ihm zum Halse heraus. Käse, dachte er, Käse, Käse, Käse. Angenommen, sie haben recht, warum fragt mich dann keiner, *warum* ich nicht will?

Ich weiß es selber nicht, dachte er.

Blöd war, daß der Rex immer noch nicht locker ließ. Anstatt ihn endlich, mit einer Handbewegung, in die Klasse zurückzuschicken, fragte er: »Hast du dir eigentlich schon einmal überlegt, was du werden willst?«

»Schriftsteller«, sagte Franz.

Der Rex stieß sich von dem Pult ab, an dem er gelehnt hatte. Er richtete sich auf und starrte Franz an.

Da bleibt ihm die Spucke weg, dachte Franz. Darauf war er nicht gefaßt. Er hat geglaubt, ich würde wieder einmal nichts sagen, ihn bloß stumm anglotzen. Aber ich hab' ihm gesagt, daß ich Schriftsteller werden will, weil es wahr ist. Ich will nichts anderes als ein Schriftsteller werden.

»Hä?« fragte der Rex. Dieses gewöhnliche, fast ordinäre ›hä‹ war der erste Laut, den er nach Franz' Erklärung äußerte. Es hörte sich an wie das Kichern, das aus einigen Bänken gekommen war. Dann hatte er sich wieder in der Gewalt, entschloß sich zu Verständnis, Güte.

»Was stellst du dir denn unter einem Schriftsteller vor?« fragte er.

Franz hob die Schultern und ließ sie wieder fallen. »Einen, der Bücher schreibt«, erwiderte er. Blöde Frage, dachte er, er meint, weil ich erst vierzehn bin, wüßte ich nicht, was ein Schriftsteller ist.

»Und was für Bücher möchtest du schreiben?« fragte der Rex, in einem Ton, aus dem Franz nicht schlau wurde, beschäftigt er sich bloß mit einem Halbwüchsigen, der ein bißchen spinnt, oder ist er vielleicht doch gespannt auf das, was ich antworten werde, nimmt mich also für voll. Wär' ja ein Ding, wenn der Rex mich für voll nähme!

»Weiß ich noch nicht«, antwortete er.

Wenn ich älter bin, werde ich es wissen, dachte er. Mit achtzehn oder zwanzig. Er überlegte, ob er dem Rex erzählen sollte, daß er schon als kleiner Junge geschrieben hatte, aber das kam natürlich gar nicht in Frage, hier, vor der Klasse. Die Klasse würde wiehern. Er hatte in dem Bücherschrank seines Vaters eine Shakespeare-Ausgabe gefunden und darin geschmökert. König Heinrich der Vierte. König Richard der Dritte. Sein Vater besaß Bögen gelblichen, linierten Kanzleipapiers, Franz hatte auf sie Dramen im Stil Shakespeares geschrieben. War er acht oder neun oder zehn Jahre gewesen, damals? Noch in der Volksschule, oder schon in der Sexta des Gymnasiums? Er brachte es aber fertig, von sich als einem kleinen Jungen zu denken, wenn er sich solcher Vergnügungen erinnerte, die er vor seinen Eltern, seinen Brüdern geheimgehalten hatte. Inzwischen war er zu der Überzeugung gekommen, daß er zu warten hatte, bis er Schriftsteller wurde – jetzt schon schreiben, wäre kindisch.

»So, das weißt du noch nicht«, sagte der Rex, anerkennend. »Eine ganz gescheite Antwort – ich hätte sie dir gar nicht zugetraut. Hoffentlich liest du gute Bücher. Was liest du denn besonders gern?«

»Karl May«, sagte Franz.

Der Rex fuhr zurück, angewidert. »Damit verdirbst du dir deine Phantasie!« rief er aus. »Karl May ist Gift!«

Genau das gleiche hatte Franz' Vater gesagt, als er ihn bei der Lektüre eines Karl-May-Bandes erwischt hatte. Er hatte ihm das Buch weggenommen, gerade an der spannendsten Stelle, Winnetous Ende, und Franz hatte zwei Wochen gebraucht, bis er es von einem Mitschüler geliehen bekam und fertiglesen konnte. Er hatte seinen Vater gehaßt. ›Karl May ist Gift.‹ Die hatten ja keine Ahnung! Er würde nicht damit aufhören, Karl May zu lesen. Vielleicht später einmal. Aber nicht jetzt.

Der Rex war so enttäuscht von der Auskunft, die er erhalten hatte – was hat er sich denn vorgestellt, was ich lesen würde, dachte Franz, soll ich vielleicht den Goethe oder den Schiller lesen? –, daß er wieder kalt, nüchtern, auf Franz' Versagen im Unterricht zu sprechen kam.

»Wenn du schon Schriftsteller werden willst«, sagte er, und diesmal legte er sich keinen Zwang mehr auf, zitierte das Wort für den Beruf, den Franz zu wählen im Sinn hatte, so spöttisch wie nur möglich, »dann verstehe ich nicht, daß du dir in Sprachen keine Mühe gibst. Latein! Griechisch! Da müßtest du doch mit Lust und Liebe dabei sein. Die Grammatik! Wie will einer denn Schriftsteller werden, wenn er sich nicht für die Grammatik interessiert?« Wider seinen Willen hatte er sich von Verachtung in Empörung gesteigert.

Auf einmal quatscht er in hohen Tönen von der Grammatik, dachte Franz, vorher hat er noch gesagt, wir sollten nicht alles glauben, was in der Grammatik steht, aber darum handelt es sich ja gar nicht, sondern darum, daß ich nicht nur Latein und Griechisch, sondern überhaupt nicht lernen mag, für Mathe bin ich unbegabt, gut, da kann ich nichts daran ändern, aber in Deutsch und Geschichte und Geographie könnte ich mit Leichtigkeit bessere Noten herausschinden als die ewigen Dreier, über die ich nicht hinauskomme, und sogar in der Naturkunde-Stunde döse ich bloß vor mich hin, obwohl mir der alte Professor Burckhardt sympathisch ist und ich anscheinend auch ihm, und nicht einmal das Violinspiel kann mich mitreißen, ich find's grauenhaft langweilig, dieses Herumkratzen in den niedrigen Lagen, dabei hab' ich mich so darauf gefreut. Lust und Liebe? Kenn' ich nicht. Nicht in der Schule.

Aber warum, warum, warum? Die meisten anderen lernen halt ihr Zeug, hauen ihre Aufgaben hin, ein paar gibt es auch, die sind einfach dumm, sie können sich noch so anstrengen, sie schaffen es nicht, während der Werner Schröter überhaupt nichts zu lernen braucht, der kann alles von vornherein, dem fliegt es zu. Ich aber könnte immerhin, wenn ich wollte. Wenn sie alle es sagen, wird es schon stimmen. Ich will aber nicht. Alle haben sie es mit dem Wollen. Man muß etwas nur wollen, dann geht es schon. Wenn einer nicht will, ist er ein Faulenzer, und sie haben recht, ich bin faul, ich sitze wie gelähmt vor den Hausaufgaben und schmiere irgend etwas Flüchtiges hin, oder ich schiebe sie bis zum Abend auf und laufe auf die Straße. Ich finde die Schule öd, öd, öd! Der Burckhardt ist der einzige, der manchmal zu mir sagt: »Kien, du träumst mal wieder zum Fenster hinaus!«

Und wirklich kam ihm auch jetzt, sogar jetzt, nach dieser schlimmen Viertelstunde der Prüfung, ins Bewußtsein, daß in dem Fenster hinter dem Rex hellgrünes, von weißen und goldenen Flecken durchspieltes Licht stand, dort draußen mußte es warm sein, nicht heiß, sondern nur angenehm warm, wie es eben im Mai war, das schönste Wetter, um im Freien zu spielen, Räuber und Gendarm zum Beispiel, Franz hatte gelernt, wie man Wäschestangen benützt, um sich über die Mauern von Hinterhöfen zu schleudern, Anlauf, Klimmzug und hinüber, im Turnen in der Schule aber hatte er die Note

Vier, mangelhaft, und er mußte wohl in diesem Augenblick eine Bewegung gemacht haben, die dem Rektor verriet, daß er sich als von der Tafel, aus der ganzen peinlichen Kontrolle seiner Unkenntnis des Griechischen entlassen fühlte.

»Hier geblieben!« befahl er. »Würdest du vielleicht noch die Güte haben, die Akzente auf die Wörter zu setzen!«

»Wir machen hier nämlich nichts halb«, belehrte er Franz, »besonders nicht im Griechischen. Griechische Wörter ohne die Akzente, die zu ihnen gehören, das wäre ja ...«, er brach ab, fand kein Wort für das, was ein akzentloses griechisches Wort darstellte, irgend etwas nahezu Ekelerregendes, wie es schien. Dann fügte er hinzu: »Vielleicht kannst du ja den Eindruck, den du auf mich gemacht hast, verbessern, indem du zeigst, daß du wenigstens die griechische Akzentgebung beherrschst.«

Auch das noch, dachte Franz. Das hellgrüne Licht erlosch, als er der Klasse wieder den Rücken zukehrte, die Tafel war schwarz, schmutzig schwarz, wieder las er den Satz, welcher die Behauptung aufstellte, es lohne sich, das Land zu loben, von den Akzenten habe ich keine Ahnung, nicht den Schimmer einer Ahnung, auf das ε von έστιν setzte er auf gut Glück den Akut, der Rex sagte »mhm«, aber als Franz gleich weiterfahren, zum αξια übergehen wollte, stoppte er ihn und sagte: »Etwas fehlt noch beim ›estin‹.«

Was könnte da noch fehlen, überlegte Franz, aber das unablässige Anstarren des Wortes brachte keine Lösung, wieder begab sich der Rex an die Tafel und setzte eigenhändig vor den Akut noch ein Zeichen, das aussah wie ein sich nach links öffnender Halbkreis. ἔστιν stand jetzt an der Tafel.

»Weißt du wenigstens, wie man dieses Zeichen nennt?« fragte der Rex, und als er keine Antwort bekam, sagte er: »Spiritus lenis. Es ist ein Hauchzeichen. Weil die Griechen keinen Buchstaben für das ›h‹ hatten, drückten sie es durch

Zeichen aus. Komisch ist dabei nur, daß sie es sogar durch ein Zeichen ausdrücken mußten, wenn sie bei einem Wort kein ›h‹ haben wollten. – So«, sagte er, »und jetzt zum ›axia‹!«

Weil er die zweite Silbe betont hatte, setzte Franz schnell den Akut auf das ι. Jetzt kamen das ›häde‹ und das ›hä‹, das Ziegengemecker, aber noch ehe Franz sich dem Problem der Akzentsetzung bei Wörtern annehmen konnte, die sich anhörten, als blicke ihm dabei ein alter Grieche höhnisch grinsend über die Schulter, hielt der Rex ihn wieder zurück.

»Dann heißt das Wort, das ich dir eben vorgesagt habe, also nicht ›axia‹, sondern ›haxia‹«, sagte er sarkastisch.

»Ach so«, sagte Franz und trug den soeben gelernten Spiritus lenis über dem α der Anfangssilbe ein.

»Trefflich«, sagte der Rex. Er forderte die Klasse auf: »Nehmt dies als Beispiel für schnelle Auffassungsgabe!« Und als einige kicherten, fügte er hinzu: »Ich meine das ganz ernst. Der Kien hat eben gezeigt, daß er kann, wenn er will.«

Doch vor dem ›häde‹ und dem ›hä‹ verhielt Franz sich wieder ratlos. Dumpf spürte er, daß es nicht genügte, wenn er über das ›ä‹ von ›häde‹ den Akut schrieb, er mußte den Hauchlaut finden, das Zeichen für das ›h‹, das die alten Griechen aussprachen, obwohl es in ihrem Alphabet gar nicht vorkam, aber er fand das Zeichen nicht, nicht ums Verrecken fällt es mir ein, dachte er, weil ich nie zuhöre, wenn der Kandlbinder, der Langweiler, seine Vorträge hält. Er redet, redet, redet, aber er bringt uns nichts bei.

»Da stehst du nun also wie der Ochse vor dem Scheunentor«, sagte der Rex, »weil du nicht weißt, wie die Griechen das ›h‹ ausgedrückt haben, wenn sie es für einen Anlaut brauchten. Dabei müßtest du es wissen, denn es war so ziemlich das Erste, was euch im Griechisch-Unterricht beigebracht worden ist. Aber du hast es ja nicht nötig, aufzupassen, nicht wahr?« – »Ach«, sagte er wegwerfend, so, als ob es nicht mehr der Mühe wert sei, sich noch weiter mit Franz Kien zu beschäftigen, aber er hatte immer noch die Kreide in der Hand und zeichnete wieder einen Halbkreis über den Umlaut ›ä‹, nur, daß sich das Zeichen diesmal nach rechts öffnete. »Da«, sagte er, »eine ganz naheliegende logische Überlegung hätte dich darauf bringen müssen, daß der Spiritus asper einfach nur das Gegenteil vom lenis ist.«

Die Floskel ›naheliegende logische Überlegung‹ beschämte Franz. Er hat recht, dachte er, darauf hätte ich kommen müssen, aber es passiert mir oft, daß ich gerade die kleinsten, die einfachsten Schlüsse nicht ziehen kann, die anderen sind da oft viel flinker, eilig setzte er den asper auch noch auf das dem ›häde‹ folgende, einzelstehende ›hä‹, das ›chora‹ war leicht, endlich einmal ein Wort in diesem verdammten Satz, das mit einem Konsonanten anfing, so daß es genügte, das ›o‹ mit dem Akut zu versehen – »da hast du Glück gehabt«, meinte der Rex, »merkwürdig, daß die Griechen das Omega in ›chora‹ kurz aussprechen, so daß hier tatsächlich der Akut genügt« –, jetzt blieb nur noch das von dem Rex korrigierte ›epaineisthai‹ übrig, kein Hauchlaut ging dem ε des Anfangs voraus, infolgedessen war der lenis anzubringen, und da der Rex beim Vorsprechen die dritte Silbe betont hatte, mußte über ihr, am besten über dem ι von ει, der Akut eingetragen werden. Fertig!

Aber der Rex schüttelte bekümmert sein Haupt. »Epaineisthai«, sagte er, und zog das ›ei‹ unnatürlich in die Länge, so daß es sich anhörte, als trenne er die Vokale ›e‹ und ›i‹, seine Stimme hob sich, der Doppel-Vokal kam schrill heraus, »da ist ein anderes Akzentzeichen nötig«, sagte er, »streng dich mal an, vielleicht fällt es dir ein!«, seufzend wischte er den Akut über dem ε aus und trug statt dessen eine waagrechte Wellenlinie über dem ι ein.

»Weißt du wenigstens, wie dieses Zeichen heißt?« fragte er.

Es hat wirklich keinen Sinn mehr, dachte Franz, daß ich noch weiter so tue, als fielen mir die Antworten auf seine Fragen nur gerade im Moment nicht ein. Er brachte deshalb ein »Nein« heraus, leise, aber nicht zögernd.

»Es heißt Zirkumflex«, sagte der Rex und nickte dabei, so, als habe er schon gewußt, daß Franz das Zeichen nicht einmal würde benennen können. »Die Akzente stehen auf der dritten Seite eurer Grammatik. Ihr habt sie längst durchgenommen. Ist ja auch klar – niemand kommt im Griechischen auch nur einen Schritt voran, solange er nicht die Akzente im Schlaf hersagen kann.«

»Aber du«, sagte er, »du hast das alles versäumt. Was hast du eigentlich gemacht, während ihr die Akzentlehre durchgenommen habt? – Aletter!« rief er plötzlich in die Klasse hinein, »sieh mal unter Kiens Bank nach, ob da nicht einer von diesen Karl-May-Schmökern liegt!«

Der Hugo, der Feigling, wird mich verraten, dachte Franz, gleich wird er *Durchs wilde Kurdistan* aus dem Fach unter meinem Pult herausziehen, aber Hugo Aletter verriet ihn nicht, er beugte sich über Franz' Sitz, kramte lange in dem Fach herum, richtete sich wieder auf und sagte: »Da liegen nur ein paar Hefte, Herr Oberstudiendirektor.« Prima, dachte Franz, der Hugo ist doch ein anständiger Kerl.

Der Rex andererseits ließ sich jetzt wieder von dem Satz an der Tafel ablenken, er konnte dem Drang, ihn Franz noch einmal von vorne bis hinten in der richtigen Betonung vorzulesen, nicht widerstehen; mit seinen Betonungen, seinen Senkungen und Hebungen rezitierte er ihn, »ἔ̋στιν ἀξία ἥ̋δε ἡ χώρα ἐπαινεῖσθαι«, so klang es, und »ah!« rief er aus, »das ist die Sprache von Homer und Sophokles; begreifst du nun, daß das Griechische ohne seine Akzente nicht denkbar wäre, sie bilden die Melodie dieser Sprache, machen noch aus dem einfachsten Satz ein Kunstwerk, begreifst du das?«

»Ja«, erwiderte Franz, kleinlaut, denn er hatte es in diesem Augenblick tatsächlich begriffen.

»Kaum zu glauben«, sagte der Rex, wieder nüchtern, ja geradezu zynisch, aber seiner Stimme war anzumerken, daß er sich von dem Erfolg seines Drills geschmeichelt fühlte. Und wie um den Schüler dafür zu belohnen, daß er begriff, teilte er ihm aus der Kiste, welche den Schatz seines Wissens enthielt, Weiteres aus. Er tat es, indem er begann, auf den freien Raum an der Tafel eine Art Tabelle zu schreiben. Oxytonon, las Franz, und dann, zu einer senkrecht angeordneten Reihe gefügt: Paroxytonon, Proparoxytonon, Perispomenon, Properispomenon.

»Schon mal gehört?« fragte der Rex. Er wartete keine Antwort ab, sondern sagte: »Natürlich hast du es schon mal gehört, euer Klaßlehrer hat euch bestimmt die Wörter erklärt, welche die Stellung der Akzente im Wort bezeichnen. Nur warst du auch dabei wahrscheinlich wieder einmal – na, sagen wir: geistig abwesend.«

In seiner klar leserlichen, festen und unwiderruflichen Schrift vollendete er die Tabelle. Er machte sogar einen Kasten darum, dessen Inneres er durch zwei senkrechte Striche in drei Rubriken gliederte. Franz las:

Oxytonon	Akut, Gravis	letzte	Silbe
Paroxytonon	Akut, Gravis	vorletzte	Silbe
Proparoxytonon	Akut, Gravis	drittletzte	Silbe
Perispomenon	Zirkumflex	letzte	Silbe
Properispomenon	Zirkumflex	vorletzte	Silbe

»Schreibt das alle ab!« befahl der Rex der Klasse. Als er das Rascheln der Hefte hörte, sagte er zu Franz: »Und du, Kien, erkläre ihnen, was diese Liste zu bedeuten hat!«

Er deutete mit der Hand, welche die Kreide hielt, auf das Wort Oxytonon.

»Ein Akut auf der letzten Silbe eines Wortes heißt Oxytonon«, sagte Franz. Er brachte es stockend vor, aber er dachte dabei: das ist ja kinderleicht.

»Bravo«, sagte der Rex. »Dumm bist du nicht. Nur faul. Quod erat demonstrandum. Fahre fort!«

Franz setzte an, das Paroxytonon zu definieren, aber er kam nicht dazu, denn in diesem Augenblick schaltete sich Kandlbinder ein, der Fachmann in dem Studienrat Doktor Kandlbinder hielt es nicht länger mehr aus, sich die Lehrmethoden des Rex ruhig anzuhören.

»Aber Herr Direktor«, begann er wieder, wie vorhin, wenn auch diesmal nicht empört oder geradezu beleidigt, sondern sich zu Sanftmut, Höflichkeit zügelnd, so, als wolle er dem Rex nur gut zureden, »aber Herr Direktor, mit der ultima-, paenultima- und antepaenultima-Reihe bezeichnet man doch nicht Akzente, sondern ganze Wörter! Nicht der Akzent wird Oxytonon genannt, sondern das ganze Wort, bei dem der Akut oder Gravis auf der letzten Silbe erscheint.«

Der Rex hatte seiner Rede sprachlos zugehört. Dann geschah, was Franz, die ganze Klasse und sicherlich auch Studienrat Kandlbinder ihm niemals zugetraut hätten: er verlor seine Selbstbeherrschung.

»Schweigen Sie!« fauchte er den Klaßlehrer an. Und noch einmal: »Schweigen Sie, Herr Kandlbinder!« Sogar den Doktor hat er diesmal weggelassen, dachte Franz, so eine Wut hat er, daß er den Kandlbinder nur noch mit Herr Kandlbinder anredet. Er macht ihn ganz schön zur Sau. Und alles wegen mir! Ich bin gemein, daß es mir nichts ausmacht, wie der Rex den Kandlbinder vor der ganzen Klasse anpfeift.

»Da nehme ich mir einen Schüler aus Ihrer Klasse vor«, rief der Rex voller Zorn, »und was stellt sich heraus? Er hat nicht einmal die allereinfachsten Grundlagen des Griechischen mitbekommen. Seit Ostern, seit sechs Wochen, leistet er es sich, den gesamten Unterricht zu verbummeln, und Sie«, seine Stimme steigerte sich in ein unverstelltes, tiefes Grollen, »Sie haben es überhaupt nicht bemerkt. Nichts haben Sie bemerkt, streiten Sie es nicht ab, sonst hätten Sie ihn nachsitzen lassen müssen, bis er schwarz geworden wäre, oder Sie hätten zu mir kommen müssen und offen und ehrlich sagen: mit dem Kien werde ich nicht fertig. Denn das durch und durch Skandalöse an diesem Kien ist ja nicht, daß er ein Faulpelz ohnegleichen ist, Faulpelze von solchem Kaliber gibt es in jeder Klasse, sondern daß er sich bis zu dieser Stunde durch Ihren Unterricht hat durchmogeln können. Tz-tz-tz! Und da wagen Sie es, mich zu unterbrechen, wenn ich ihm auf den Zahn fühle, und wenn ich ihm, wie jetzt eben, Faustregeln eintrichtere, mit deren Hilfe er ein bißchen aufholen kann, wenn er will. – Obwohl es natürlich zu spät ist, weil Sie, Herr Doktor, sechs Wochen lang bei ihm nicht auf dem Kiwif gewesen sind.«

Die Anrede Herr Doktor war ein Zeichen dafür, daß er sich wieder in die Hand bekommen hatte.

»Jawohl, eintrichtern«, sagte er, von Kandlbinder ablassend und in ein Selbstgespräch verfallend. »Auf dem Gymnasium in Freising hat man uns von Anfang an die Oxytona und die Perispomena ohne Gnade und Erbarmen eingetrichtert. Und ohne spitzfindige Unterscheidungen zwischen Wörtern und Akzenten. Ein Akzent auf der letzten Silbe – das war eben ein Oxytonon, und ein Zirkumflex auf der vorletzten ein Properispomenon, so haben wir es gelernt, im Erzbischöflichen Gymnasium in Freising, und so war es richtig, weil es einfach war. Man braucht doch nur ein Wort wie ›anthropos‹ zu hören, dann sagt man sich, ›aha, proparoxytonon‹, und setzt den Akut auf die drittletzte Silbe.«

Von wegen aha – oho, dachte Franz, das täte ich auch, wenn ich es nur vorgesagt bekäme und von diesem ganzen

Oxytonon-und-so-weiter-Pallawatsch nie etwas gehört hätte, eigentlich ist es nicht einfach, sondern eher kompliziert, daß ich erst Oxytonon denken soll, ehe ich den Akut setze, er wartete darauf, daß Kandlbinder in diesem Sinne dem Rex widersprechen würde, aber der Klaßlehrer war niedergeschmettert, allerdings nicht von der in puncto Betonungslehre höchst anfechtbaren Beweisführung des Rex, sondern – darüber gab es keinen Zweifel! – von der Anklage vollständigen pädagogischen Versagens bei dem Schüler Kien; daß er vor der versammelten Untertertia B in dieser Weise zurechtgewiesen worden war, das verschlug ihm die Sprache, er weiß, daß die Sache im Zimmer des Rektors oder bei der Lehrerkonferenz noch ein Nachspiel haben wird, mein Gott, dachte Franz, da habe ich ihm ja was eingebrockt!

Als wolle er ihren Lehrer danach doch ein wenig entlasten, deutete der Rex wieder einmal auf das Buch, das auf dem Pult lag, und sagte: »Die Grammatik, die ihr benützt, ist nicht einfach genug. Wenn ich keine bessere finde, schreibe ich selber eine einfachere für euch.«

Er fiel plötzlich wieder über Franz Kien her.

»Probier' doch mal, die Akzentregeln aufzusagen!« forderte er ihn auf. »Aber auswendig! Ohne auf die Tafel zu sehen!«

»Oxytonon«, begann Franz, erst langsam, dann immer flüssiger. »Paroxytonon, Proparoxytonon, Perispomenon, Properispomenon.« Er staunte über sich selbst, wie habe ich das nur fertiggebracht, dachte er, wahrscheinlich, weil mir diese Reihe aus Wörtern gefällt. Sie ist logisch und klingt gut.

»Na, bitte«, sagte der Rex, ohne Überraschung zu zeigen, doch sichtlich befriedigt, er ließ sich anmerken, daß er gewußt hatte, was kommen würde, er markiert bloß mal wieder den alten Schulmann, dachte Franz, den Sokrates-Verehrer, den Leser von Homer und Sophokles, er bildet sich ein, bewiesen zu haben, daß er mir in fünf Minuten die griechische Akzentlehre beigebracht hat, weil ich seine Formel auf Anhieb herunterleiern kann, denn sie ist Melodie, ein Kunstwerk, da hat er schon recht, während der Kandlbinder mit uns nur Zeichen paukt, aber wenn mich Griechisch interessieren würde, dann würd' ich es doch lieber nach der Kandlbinder-Methode lernen. Durch Nachdenken.

Der Rex brachte so viel Geschmack auf, nicht triumphierend in Richtung Kandlbinder zu blicken, statt dessen trat er jetzt ganz dicht an Franz heran, faßte sogar mit der rechten Hand nach dem Revers von Franz' Jacke und sprach so leise mit ihm, daß es klang, als flüstere er, aber die ganze Klasse hört doch, was er da flüstert, dachte Franz, ist bloß Getue, sein Geflüster, so leise kann der gar nicht reden, daß nicht alle es hören.

»Weißt du, was intelligente Schüler machen, die keine Lust haben, zu lernen?« fragte der Rex. Er tat so, als wolle er Franz ein Geheimnis verraten.

Franz war so benommen von der plötzlichen Nähe des Rex, von der Vertraulichkeit eines Mannes, der ihn die ganze Zeit über hatte fertigmachen wollen, nichts weiter als fertigmachen, daß er nicht einmal imstande war, wenigstens in seine Augen den Ausdruck höflichen Fragens zu legen. Er spürte nur, wie er mit seiner Jacke an dem Arm des mächtigen Mannes hing, und daß ihm dieser Griff unangenehm war.

»Sie lernen auswendig«, zischte der Rex. Er zog Franz in eine Verschwörung. »Wenn du den Satz, den ich dir eben eingedrillt habe, zu Hause auswendig gelernt haben würdest, so hättest du mich glänzend getäuscht. Jawohl – sogar mich! Vielleicht wäre ich gar nicht dahintergekommen, daß du ihn nicht begriffen hast. Und das hätte dich nicht mehr gekostet als drei Minuten von deiner kostbaren Zeit. Drei Minuten –

und du hättest das ›estin axia‹ herunterplappern können, als wäre es nichts.«

Ebenso schnell, wie er sich Franz genähert hatte, entfernte er sich von ihm. Ich mag ihn nicht, dachte Franz, und er hat es gemerkt. Wenn ich nur wüßte, warum ich ihn nicht mag? Er riecht nicht schlecht, er hat keinen schlechten Atem an sich, er riecht wie frisch rasiert. Aber seinen Bauch mag ich nicht, den Bauch mit dem weißen Hemd darüber, mit dem er mich berührt hat.

Warum hat er sich überhaupt an mich herangeschmissen? Auf einmal hat er kein harter Prüfer mehr sein wollen, sondern getan, als ob er mir einen Tip geben will. Aber ich bin nicht darauf hereingefallen, wie vor ein paar Wochen, auf dem Locus. Weil ich diesmal nicht darauf hereingefallen bin, ist er jetzt sauer.

Zum ersten und bisher einzigen Mal war Franz dem Direktor in der Schüler-Toilette begegnet. Franz hatte in einer Pause den Locus benutzt, und gerade, als er seinen Stuhlgang hinter sich gebracht hatte und wieder in den Pissoir-Raum hinaustrat, war der Rex hereingekommen, das war komisch, Franz hatte noch nie gesehen, daß ein Lehrer während der Pause ein Schüler-Clo benützte, da mußte schon höchste Not, die kein Gebot kannte, herrschen, wenn so etwas geschah, aber der Rex hatte es überhaupt nicht eilig, sondern er schien die Aborte nur inspizieren zu wollen, so, wie er heute die Untertertia B inspizierte, und er war genau so, wie er es heute gemacht hatte, an Franz herangetreten, er hatte ihn aus gütigen blauen und goldgeränderten Augen gemustert, so gütig, daß Franz ihn nicht nur, wie es vorgeschrieben war, ehrerbietig grüßte, sondern auch erwartungsvoll anlächelte, ich muß ein Idiot gewesen sein, dachte Franz, weil ich angenommen habe, der Rex würde an diesem Ort, und weil er mich so nett ansah, irgend etwas Lustiges sagen, und das Lustige kam auch, es lautete, aus nächster Nähe, in sachlichem Ton und laut geflüstert, so daß auch die anderen Schüler, die sich gerade im Pissoir aufhielten, es deutlich hören konnten: »Dein Hosenschlitz steht noch offen, Kien. Bringe dich in Ordnung!«

Und er kannte meinen Namen, obwohl ich noch nie etwas mit ihm zu tun gehabt hatte. So. Genau so.

Heute allerdings hat der Rex es nicht fertiggebracht, daß ich blutrot geworden bin, wie damals, als er mir zum erstenmal zu nahe trat. Nachträglich kann ich ihm nichts vorwerfen, es war richtig, daß er mich auf den offenen Hosenschlitz aufmerksam gemacht hat, obwohl es vielleicht besser gewesen wäre, wenn ein paar Minuten später der Hugo oder ein anderer gegrinst und irgendwas Ordinäres gesagt hätte. Das wäre weniger peinlich gewesen als dem Rex sein Blick.

Heute hätte ich am liebsten zu ihm gesagt: Nehmen Sie Ihren weißen Bauch von meiner Jacke! Hätte, dachte Franz. Leider bin ich nicht der Konrad Greiff. Der hätte es ihm hingerotzt.

Ja, und jetzt hat er also gemerkt, daß ihm sein Näherkommen, sein Abort-Flüstern, sein Ich-will-dir-ein-Geheimnis-verraten, sein Scheiß-Rat mit dem Auswendiglernen nichts genützt hat, nicht bei mir, daß ich den Scheiß-Rat nicht annehme, weil ich kein intelligenter Schüler sein will, sondern überhaupt kein Schüler, aber was will ich denn sein?, Herrgottsakra, ich weiß es nicht, später werd' ich es wissen, später werd' ich mehr wissen, als die mir hier beibringen können in ihrer Penne, der Stupidienrat und sein vollgefressener Direktor, spielend werd' ich es mir selber beibringen, ach Quatsch, da mach' ich mir was vor, ich versäume Jahre, wenn ich mich nicht auf den Hosenboden setze und büffle, jetzt, sofort ...

»Verfüge dich auf deinen Platz zurück!« sagte der Rex, aber Franz wußte sogleich, daß er es sich nicht erlauben konnte, erleichtert zu sein; um zu erkennen, daß die Szene noch nicht zu Ende war, hätte es nicht seines Nebenmannes Hugo Aletter bedurft, der mit zusammengekniffenen Lippen und seinen Kopf wiegend, Besorgtes mümmelte.

»Du hättest ihm nicht so offen zeigen sollen, daß du ihn nicht riechen kannst«, würde Hugo zu ihm sagen, ein paar Tage später, an einem der letzten Tage, die Franz noch im Wittelsbacher Gymnasium zubrachte, Hugo war eben doch ein Streber, und Franz würde zu diesem weisen Streber-Ausspruch nur mit den Achseln zucken – was konnte er dafür, daß der alte Himmler ihm unsympathisch war.

Dieser war von dem Podest einen Schritt herunter getreten, auf die Ebene der Klasse, er schritt in dem Raum vor den ersten Bankreihen eine Weile hin und her, schweigend, mit auf dem Rücken verschränkten Armen, der Poseur, dachte Franz, dann blieb er stehen, sah den Klaßlehrer an und fragte: »Was schlagen Sie vor, Herr Doktor?«

Kandlbinder verließ endlich seinen Platz vor der Türe, trat zwei Schritte näher. »Nachhilfe«, sagte er.

Der Rex holte seine Arme hinter dem Rücken hervor und erhob sie zu einer wegwerfenden und endgültigen Bewegung. Dann sagte er etwas, das Franz' Gesicht noch einmal flammend erhitzte.

»Nachhilfestunden sind teuer«, sagte der Rex. »Sein Vater kann sie nicht bezahlen. Denken Sie doch daran, daß er nicht einmal das Schulgeld aufbringen kann. Wir haben Kien auf Bitten seines Vaters Schulgeldbefreiung gewährt.«

Dieser Hund, dachte Franz, dieser gemeine Hund! Öffentlich bekanntzugeben, daß mein Vater die neunzig Mark Schulgeld im Monat nicht aufbringen kann! Die hundertachtzig Mark, weil er auch für den Karl das Geld, das die Penne kostet, nicht mehr erschwingen kann, seitdem er so krank geworden ist und fast nichts mehr verdient. Dieser

Dreckskerl, dachte Franz, da gehört schon was dazu, sich vor die Klasse hinzustellen und auszuposaunen, daß wir arme Leute geworden sind, ein Dreckskerl ist er, dieser Sokrates-Verehrer, ein Schweinehund, ist aber schließlich wurscht, sollen sie nur alle wissen, daß die Kiens arme Leute geworden sind, meinetwegen, dachte Franz, und seine Gesichtshaut nahm wieder ihre normale Färbung an, auch wenn er immer noch dachte: der Hund! Nicht einmal das Folgende konnte ihn noch aus der Ruhe bringen, er hörte es sich gelassen an, wie der Rex sagte, noch immer sich den Anschein gebend, als spräche er nur mit Kandlbinder.

»Wir haben Kien auf Bitten seines Vaters Schulgeldbefreiung gewährt, obwohl wir nach den Bestimmungen dazu gar nicht berechtigt waren. Die Befreiung vom Schulgeld darf nur hervorragenden Schülern gewährt werden. Aber ich« – ›ich‹ sagt er diesmal, dachte Franz –, »ich habe geglaubt, für den Sohn eines mit hohen Tapferkeitsorden dekorierten Offiziers, der wahrscheinlich unverschuldet in wirtschaftliche Bedrängnis geraten ist« – das ›wahrscheinlich‹ ist gut, dachte Franz, mein alter Herr war halt nur Reserve-Offizier, und deswegen kriegt er keine Pension –, »ich habe geglaubt«, fuhr der Rex fort, »bei einem solchen Schüler eine Ausnahme machen zu können. Und wie lohnt er es der Schule und seinem armen Vater?«

Er sammelte sich, ehe er den Schlußstrich zog, und Franz war jetzt so weit, daß er ihm dabei kalt zusehen konnte.

»Ich habe ihn sogar in die Untertertia aufsteigen lassen«, sagte der Rex. »Mit einer Fünf in Mathematik und einer Vier in Latein. Das war ein schwerer Fehler – ich klage mich selber an. Er hat die Quarta doch nur noch mit Hängen und Würgen geschafft. Seine Leistungen in Latein sind von Jahr zu Jahr stärker abgefallen. Und jetzt stellt sich heraus, daß er uns in Griechisch dasselbe Schauspiel bieten will – ein Schüler, der sich einbildet, er könne sich von der Teilnahme am Unterricht in den Hauptfächern glatt dispensieren!«

Er wanderte wieder hin und her, von der kalten, neutralen Wand, in welche die Türe eingelassen war, zu dem vom grünen Mai erfüllten Fenster und wieder zurück.

»Nein«, sagte er zu dem stummen Kandlbinder. »Das geht nicht. Das geht einfach nicht. Sagen Sie doch selbst: sollen wir ihn noch das ganze Jahr hier herumsitzen lassen, bis es feststeht, daß er auch in Griechisch eine Fünf bekommt, eine Fünf und nichts anderes?«

Er hatte seine Frage nicht gestellt, um eine Antwort zu bekommen, bekam selbstverständlich auch keine, Kandlbinder verharrte schweigend, mit schräg nach der Seite geneigtem Kopf, jetzt braucht der Rex auch gar nicht mehr zu sagen, daß er meinem Vater schreiben wird, dachte Franz, so, wie er dem Greiff seinem Vater schreiben wird, jetzt ist es schon klar, daß ich rausgeschmissen bin, daß ich nur noch ein paar Tage lang in den Kasten gehen muß, das Wittelsbacher Gymnasium, Menschenskind, dachte er plötzlich, ich brauche nicht mehr diesen langen öden Weg zu machen, von Neuhausen zum Marsplatz, die Juta- und die Alfonsstraße, die Nymphenburger Straße und die Blutenburgstraße bis zu dem Kasernen- und Brauereiviertel um den Marsplatz, die Artillerie-Kaserne und die Hacker-Brauerei, lauter öde Straßen, durch die ich jeden Tag hindurch muß, das hab' ich jetzt also hinter mir, nur Vater tut mir leid, es wird ihn einfach umhauen, wenn er es erfährt.

Der Rex blieb stehen. Er sah diesmal nicht Kandlbinder an, sondern Franz.

»Dein Bruder Karl ist auch so einer«, sagte er. »Wie der bis in die Untersekunda gelangt ist, das ist mir ein Rätsel. Ich habe mir seine letzten Schulaufgaben-Blätter zeigen lassen. Lauter Fehler! Bloß mit einer netten Handschrift – damit schafft er das Einjährige nie. Dafür werde ich sorgen.«

Das gibt's doch nicht, dachte Franz, den Karl auch noch aus dem Gymnasium feuern! Zwei Söhne auf einmal! Da geht Vater dran zugrunde. Davon hat er doch gelebt – von der Hoffnung, daß wir auf die Universität gehen würden.

Unvermutet gab der Rex seinen dienstlichen und drohenden Ton auf. »Wie geht es eigentlich deinem Vater?« fragte er. Franz war platt. Da gehört ja was dazu, dachte er, zuerst Karl und mich aus der Schule fegen, dabei noch Vater vor der ganzen Klasse blamieren, wegen des Schulgeldes, und dann sich erkundigen, wie es ihm geht! Der scheinheilige Lump!

»Schlecht«, antwortete Franz mürrisch. »Er ist krank. Schon lange.«

»Oh«, sagte der Rex, »das tut mir leid. Da wird es ihn nicht freuen, zu erfahren, daß seine Söhne zur Ausbildung an höheren Schulen nicht geeignet sind.«

Also auch wieder nichts weiter als eine kalte Dusche! Ein bißchen Bedauern, aber nur, um zu zeigen, daß die Krankheit des Vaters an dem Schicksal der Söhne nichts ändern würde.

Merkwürdigerweise nahm Vater sich die schlechte Nachricht nicht so zu Herzen, wie Franz befürchtet hatte. Er brach nicht in Jähzorn aus, wie sonst, wenn Franz mit seinen miserablen Zeugnissen nach Hause kam. Franz hatte sich vorgenommen, es ihm selber beizubringen, daß er aus der Schule hinausgejagt werden würde, er wollte nicht, daß Vater es erst aus dem Brief des Rektors erführe. Vielleicht blieb Vater so still, weil er sich bereits auf das Sofa gelegt hatte, nach dem Abendessen, damals hatte er schon angefangen, sich Morphium zu spritzen, mit Erlaubnis der Ärzte vom Schwabinger Krankenhaus, gegen die Schmerzen im rechten Fuß, gegen den Brand an den Zehen, sie sollten bald amputiert werden, die große Zehe seines rechten Fußes war schon schwarz geworden, bleich lag sein Vater auf dem Sofa, schon lange ja war er kein feuriger Mann mehr, mit einem zu hitzigen Farben neigenden Gesicht unter schwarzen Haaren.

Das Sofa stand mit dem Kopfende gegen das Fenster, hinter dem es bereits Nacht geworden war, eine Lampe mit einem grünen Seidenschirm beleuchtete den schon abgeräumten Eßzimmertisch, Franz' Mutter hatte ein gehobeltes Brett auf den Tisch gelegt und walkte Nudelteig, den sie aus einem großen irdenen Topf nahm, Franz sah ihr dabei zu, er sah gerne zu, wenn seine Mutter Nudelteig walkte. Sein Bruder Karl hatte, ohne ein Wort zu sagen, zugehört, bis Franz mit seiner Erzählung aus der Schule, die ja auch ihn betraf, fertig war, dann hatte er sich ans Klavier gesetzt und, wie an jedem Abend seit ein paar Wochen, an einem Impromptu von Schubert herumgestockert, ohne es richtig zustande zu bringen, aber Franz fand die Musik trotzdem schön; in eine Pause hinein sagte sein Vater: »Daß er sich nach meinem Befinden erkundigt hat – das hat er nur getan, weil ich das EK eins habe.«

Kann schon sein, überlegte Franz, die Etappenhengste hatten insgeheim Schiß vor den Frontkämpfern, irgendwie fürchteten sie, die Frontsoldaten würden noch einmal mit ihnen abrechnen, deshalb taten sie so, als seien sie ihre Spezis, fragten danach, wie es ihnen ginge. Also, da war schon irgendwas dran, obwohl andererseits auch Neid mit im Spiel war, bestimmt war der Rex auch neidisch auf Vaters EK eins. Und dem, was dann kam, konnte Franz nur ungläubig zuhören.

»Außerdem«, sagte Vater, »will der alte Himmler sich mit mir gut stellen, weil er weiß, daß sein Sohn zu meinen Kameraden in der Reichskriegsflagge gehört.«

Da täuscht Vater sich aber gründlich, dachte Franz. Wenn der Rex sich wirklich Gedanken darüber macht, daß mein alter Herr ein gutes Verhältnis mit seinem Sohn, dem jungen Himmler, hat, dann wird er Vater gerade deswegen nicht leiden können.

Seine Mutter mischte sich ein. Sie hatte den Teig mit der Rolle so dünn ausgewalzt, daß sie damit beginnen konnte, ihn mit einem scharfen Messer in Streifen zu schneiden.

»Gibt es eigentlich keine Frau Himmler?« fragte sie. »Ich meine, wenn es eine Frau Himmler gäbe, müßte sie doch dafür sorgen, daß ihr Mann und ihr Sohn miteinander auskommen.«

Franz Kien senior gab ihr keine Antwort, er hatte die Augen geschlossen, ob seiner Schmerzen wegen, oder weil er eingeschlafen war, das konnte Franz nicht ausmachen, vielleicht stellte Vater sich nur abwesend, weil er keine Antwort geben wollte.

Er selber gab seiner Mutter die gewünschte Auskunft.

»Der alte Himmler trägt einen breiten goldenen Ehering«, berichtete er ihr, wobei ihm der Gedanke kam, ob auch der Ehering des Rex nur ein Teil der Maske war, die der große Schulmann angelegt hatte und sein Leben lang trug.

Schade, daß sein Vater schon schlief. Er hätte ihm gerne noch erzählt, wie ihm zumute gewesen war, als heute mittag die Klingel auf dem Flur des Gymnasiums gescheppert hatte. Der Rex war sofort hinausgegangen, weil er nicht in den rücksichtslosen Aufbruchstrubel der Tertianer geraten wollte, er hatte den Schülern und Kandlbinder nur kurz zugenickt, und wieder hatte sich die Türe des Klassenzimmers vor ihm geöffnet, ohne daß er sie zu berühren brauchte. Franz hatte, wie alle anderen, seine Bücher und Hefte zusammengerafft und in seine abgewetzte lederne Mappe gestopft, die anderen schrien um ihn herum, aber zu ihm sagte keiner was, obwohl sie ihn auch nicht unfreundlich behandelten, es kam ihm vor, als sähen sie weg, wenn ihre Blicke ihn zufällig trafen. Wechselte der Konrad Greiff mit ihm einen Blick? Franz hätte es nicht genau sagen können; nur der Studienrat Kandlbinder sah ihn unverwandt und vorwurfsvoll an, solange er im

Raum war, Franz machte, daß er hinauskam, draußen war es warm, Sonnenschein lag auf den öden Straßen, auf dem Heimweg gesellte sich keiner seiner Mitschüler zu ihm, aber der Nachmittag verlief wie alle Nachmittage, er spielte Völkerball auf der Lacherschmied-Wiese, von denen, die mitspielten, ging keiner auf das Wittelsbacher Gymnasium, Franz spielte schlecht, er fühlte sich flau, weil er an das Gespräch dachte, das er am Abend mit seinem Vater würde führen müssen.

Statt des Gescheppers in der Schule hörte er jetzt nur noch das Geklimper seines Bruders, das aber bald abbrach. Franz' kleiner Bruder – er war acht Jahre jünger als Franz – schlief schon in dem Bett, das dem Bett von Franz gegenüber stand. Im Licht seiner Taschenlampe las Franz noch eine Weile *Durchs wilde Kurdistan,* er stützte dabei seinen Kopf auf den rechten Arm, dann knipste er die Lampe aus und legte sich auf sein Kissen zurück.

Perispomenon, dachte er, Properispomenon, ehe er einschlief.

Nachwort für Leser

I

Warum erfand ich mir für fünf Geschichten – die hier vorliegende ist die sechste –, in denen ich Zustände und Ereignisse meines Lebens beschreibe und erzähle, einen Menschen namens Franz Kien als Figur, die erlebt, was in ihnen beschrieben und erzählt wird? Habe ich nicht schon ein paarmal ohne Umschweife erklärt, bei den Franz-Kien-Geschichten handele es sich um Erinnerungen an mich selber, um Versuche, eine Autobiographie in Erzählungen zu schreiben? Franz Kien bin ich selbst – aber wenn es so ist, warum bemühe ich ihn dann überhaupt, anstatt ganz einfach *Ich* zu sagen? Warum berichte ich von mir in der dritten Person, nicht in der ersten? *Ich* bin es doch gewesen, ich und niemand anderer, der von dem alten Himmler in Griechisch geprüft und infolge des blamablen Ergebnisses dieser Prüfung aus dem humanistischen Gymnasium eskamotiert worden ist – warum zum Teufel halte ich mir dann eine Maske vors Gesicht, diesen Kien, einen Namen, nichts weiter?

Eine Antwort darauf weiß ich nicht. Da ich gegen Feinsinniges so allergisch bin wie der Schüler Franz Kien (mein anderes Ich) gegen die abgestandenen Sokrates- und Sophokles-Tiraden seines Oberstudiendirektors, verbiete ich mir vor allem die Ausrede, Franz Kien verdanke sein Dasein meinem Wunsch, eine gewisse Diskretion zu wahren. Das Allerprivateste – so mag der Autor sich einbilden – verliert etwas von dem peinlichen Charakter einer Beichte, wenn es einem Dritten angehängt wird, mag dessen Verkleidung noch so fadenscheinig sein. Doch ist genau das Gegenteil der Fall. Gerade das Erzählen in der dritten Person erlaubt es dem Schriftsteller, so ehrlich zu sein wie nur möglich. Es verhilft ihm dazu, Hemmungen zu überwinden, von denen er sich kaum befreien kann, wenn er sagt: Ich. Daß irgendein Er (beispielsweise Franz Kien in *Alte Peripherie*) das seinen Freunden gegebene Wort gebrochen hat – das läßt sich eben doch um eine Spur leichter hinschreiben als das plumpe Eingeständnis: ich habe meine Kameraden im Stich gelassen. So jedenfalls ist der Schriftsteller verführt zu denken. Daß er diskret sein möchte, gehört schließlich zu den besseren seiner Eigenschaften, die meisten seiner Leser teilen diesen Wunsch; von Autoren, die mit der Türe ins Haus fallen, haben sie genug, aber Autobiographie läßt nicht zu, daß ihr Verfasser sich verfremde, sie ist kein Versteckspiel, außerdem hülfe es mir nichts, niemand wird Franz Kien für Franz Kien halten. Eine Marotte, wird man sagen, verärgert oder verständnisvoll – sie rechtfertigt nicht, daß ihr Besitzer nicht von sich selber spricht.

Noch rätselhafter wird die Wahl dieser Erzählmethode für mich, wenn ich mich daran erinnere, daß ich für andere autobiographische Stücke ohne weiteres die Form des Berichts in der ersten Person Einzahl benützt habe. *Die Kirschen der Freiheit* und *Der Seesack* sind Memoiren. Andererseits habe ich einen Roman, *Efraim*, in der Ich-Form geschrieben, und im Gegensatz zu Franz Kien ist Efraim durchaus nicht mit mir identisch, sondern ein ganz anderer, als ich es bin – darauf muß ich bestehen. Übrigens schließt jenes Buch mit der Erwägung, vielleicht sei unter allen Masken das Ich die beste. So widersprüchlich geht es zu in der Werkstatt des Schreibens.

Ich vermute aber – und dies ist die einzige Hypothese über die Existenz des Franz Kien, die ich mir erlaube –, daß mir die Absicht, mich meines Lebens in Erzählungen zu erinnern, einen Streich gespielt hat. Die Form selbst ist es, die mich nicht geradezu zwingt, mir aber doch rät, mich Franz Kiens zu bedienen. Er gestattet mir eine gewisse Freiheit des Erzählens, die das Ich, diese tyrannische Form der Beugung des Tätigkeitsworts, nicht zuläßt. Ich sehe – das läßt nicht zu, anderes zu sehen als das, was ich sehe, sah oder sehen werde, indessen Er sein Blickfeld nicht so rigoros einzuschränken braucht. Ich spreche hier nicht von Vorgängen im Inneren Kiens, nicht von der Rolle der Phantasie im Text – diese dürfen von den Vorgängen in meinem eigenen Inneren, von meinen eigenen Phantasien nicht um Haaresbreite abweichen –, sondern nur von den Versatz-Stücken, die ich auf die Bühne meines Gedächtnisses trage, auf der ich ihn agieren lasse. Um ein Beispiel zu geben: die Konrad-von-Greiff-Episode in *Der Vater eines Mörders* hat sich nicht während der in dieser Erzählung geschilderten Griechisch-Stunde abgespielt, sondern bei anderer Gelegenheit. (An Gelegenheiten, Szenen der Anpassung zu interpolieren, hat es im Drama der deutschen autoritären Schule ja niemals gefehlt.) Wird die Erzählung dadurch, daß ich diese Karte auf den Tisch lege, unglaubwürdig, falsch nach den Regeln von Autobiographie? Ich glaube nicht. Sie erscheint mir im Gegenteil dadurch authentischer geraten zu sein. Überhaupt braucht Autobiographie ›nur‹ authentisch zu sein – innerhalb der Grenzen, die diese Forderung ihr zieht, darf sie tun und lassen, was sie will. Was ich damit sagen will? Würde ich behauptet haben, den Fall des adelsstolzen Schülers in jener Examens-Stunde selbst erlebt zu haben, so hätte ich – nun, nicht gerade gelogen, aber doch geflunkert. Nicht einmal ein so harmloses Vergnügen dürfte ich mir durchgehen lassen. Hingegen darf Kien den Vorgang beobachtet haben. Das Wittelsbacher Gymnasium im Jahre 1928 wird in seiner Erzählung durchsichtiger als im strengen Ich der absoluten Autobiographie. Die Form der Erzählung verhält sich gespannt zu dem Geist der Lebensbeschreibung.

Etwas Ungelöstes liegt in solchen Texten – ich gebe es zu. Es liegt sogar in meiner Absicht.

Soviel jedenfalls zu diesem Franz Kien. Er ist ein störrischer Geselle.

2

Meine Schulzeugnisse sind die einzigen persönlichen Dokumente aus meiner Kindheit und Jugend, die den Zweiten Weltkrieg überdauert haben. Der Oberstudiendirektor des Wittelsbacher Gymnasiums zeichnet auf ihnen: Himmler. Kein Vorname – und ich darf ihm keinen erfinden. Eine einzige Nachricht über ihn habe ich erfunden: ich lasse ihn behaupten, er habe das Erzbischöfliche Gymnasium in Freising besucht. Daß ein Mann wie er in einer Kaderschule des bairischen Ultramontanismus gebildet worden ist, steht für mich außer Frage – er könnte auch ein Zögling von Ettal, Andechs oder Regensburg gewesen sein; es kommt nicht so darauf an. Andere, mir bekannte und sichere Angaben zu seiner Person zu machen habe ich mir hingegen versagen müssen, zum Beispiel diejenige, daß er sich später, als sein Sohn der zweitmächtigste Mann im Deutschen Reich geworden war, mit ihm ausgesöhnt hat. Eine Ehrenwache der ss feuerte über seinem Sarg eine Ehrensalve ab. Aber vielleicht geschah dies gegen seinen Willen? Vielleicht hat der alte Himmler seinen Sohn noch auf dem Sterbebett verflucht? So sicher sind also solche ergänzenden Angaben doch nicht. Franz Kien kann sie nicht machen, weil er über den Rex nicht mehr weiß, als was sein Vater ihm berichtet hat und was er in jener Griechisch-Stunde und anläßlich einer kurzen Begegnung mit dem Schulleiter in der Schüler-Toilette gesehen und gehört hat. Ein Blick in die Zukunft, technisch als sogenannte Voraus-Blende ohne weiteres herstellbar, würde den Charakter der Erzählung als einer strikt autobiographischen Erinnerung vollständig zerstören; in ihr dürfen der Rex und Kien (mein anderes Ich) nicht mehr sein, als die Personen, die sie an einem bestimmten Mai-Tag des Jahres 1928 gewesen sind. Nur so bleiben sie, und mit ihnen die Erzählung, offen. Ihr Erzähler hat an einem bestimmten Mai-Tag des Jahres 1928 nicht gewußt, was aus ihm, geschweige denn aus dem Rektor Himmler werden wird, und er hofft, daß auch seine Leser eine offene Geschichte einer geschlossenen vorziehen. Man soll Erzählungen nicht ablegen können wie Akten – wie einen Kaufvertrag oder ein Testament.

Einzig der Titel der Erzählung projiziert sie in eine Zukunft, denn er hält die unumstößliche Wahrheit fest, daß der alte Himmler der Vater eines Mörders war. Die Bezeichnung Mörder für Heinrich Himmler ist milde; er ist nicht irgendein Kapitalverbrecher gewesen, sondern, soweit meine historischen Kenntnisse reichen, der größte Vernichter menschlichen Lebens, den es je gegeben hat. Aber die Überschrift, die ich für die Erzählung gewählt habe, hält nur einen geschichtlichen Tatbestand fest; sie erhebt nicht den Anspruch, die private, die persönliche Wahrheit dieses Menschen, des Rex, zu bestimmen. War es dem alten Himmler vorbestimmt, der Vater des jungen zu werden? Mußte aus einem solchen Vater mit ›Naturnotwendigkeit‹, d.h. nach sehr verständlichen psychologischen Regeln, nach den Gesetzen des Kampfes zwischen aufeinander folgenden Generationen und den paradoxen Folgen der Familien-Tradition, ein solcher Sohn hervorgehen? Waren beide, Vater und Sohn, die Produkte eines Milieus und einer politischen Lage oder, gerade entgegengesetzt, die Opfer von Schicksal, welches bekanntlich unabwendbar ist – die bei uns Deutschen beliebteste aller Vorstellungen? Ich gestehe, daß ich auf solche Fragen keine Antwort weiß, und ich gehe sogar noch weiter und erkläre mit aller Bestimmtheit, daß ich diese Geschichte aus meiner Jugend niemals erzählt hätte, wüßte ich genau zu sagen, daß und wie der Unmensch und der Schulmann miteinander zusammenhängen. Oder ob sie einander gerade nicht bedingen. Sie würden mich dann nicht interessiert haben. Ein Interesse, das mich dazu bringt, mich mit einem Bleistift vor einen Stoß weißen Papieres zu setzen, wird ausschließlich durch den Anblick offener Figuren ausgelöst, nicht von solchen, über die ich schon ganz genau Bescheid weiß, ehe ich anfange, zu schreiben. Und am liebsten sind mir Menschen, die offen, geheimnisvoll bleiben, auch nachdem ich mit dem Schreiben aufgehört habe.

Mehr mag ich zu dem Inhalt meines Berichtes nicht sagen. Dieses Fragment eines Kommentars wird überhaupt nur hergezeigt, um die allergröbste Mißdeutung auszuschließen; niemand soll denken können, ich habe mit *Der Vater eines Mörders* die Sippe der Himmlers behaftet, auch wenn Franz Kien dies in einem gewissen Sinne tut, indem er für den Sohn – den er nicht kennt – Verständnis aufbringt, gegen den Vater, der ihm tief unsympathisch ist.

Angemerkt sei nur noch, wie des Nachdenkens würdig es doch ist, daß Heinrich Himmler – und dafür liefert meine Erinnerung den Beweis – nicht, wie der Mensch, dessen Hypnose er erlag, im Lumpenproletariat aufgewachsen ist, sondern in einer Familie aus altem, humanistisch fein gebildetem Bürgertum. Schützt Humanismus denn vor gar nichts? Die Frage ist geeignet, einen in Verzweiflung zu stürzen.

Ich habe mich aus ihr gerettet, indem ich versucht habe, die Geschichte eines Knaben zu schreiben, der nicht lernen will. Und nicht einmal in dieser Hinsicht ist sie eindeutig – es wird Leser geben, die angesichts der Auseinandersetzung zwischen dem Rex und Franz Kien die Partei des Gymnasialdirektors ergreifen. Ich selber freilich – das wird man mir zubilligen – stehe auf meiner eigenen Seite.

3

Anscheinend widerspricht die direkte Rede, in der die Dialoge des Erzählstücks wiedergegeben sind, der behaupteten, der autobiographischen und damit quasidokumentarischen Echtheit der Erzählung. Jeder auch nur halbwegs kritische Leser wird einwenden, daß es ausgeschlossen sei, sich nach über fünfzig Jahren an den genauen Ablauf eines Wortwechsels zu erinnern. Diese Leser kann ich nur bitten, noch einmal über die Funktion der Gestalt des Franz Kien nachzudenken, über die Möglichkeit des Erzählens in der dritten Person, die sie mir verschafft, und wie sie mich instand setzt, den Konjunktiv des Präteritums, des Plusquamperfekts und des Konditionals zu vermeiden, den die indirekte Rede auslöst, die es so leicht fertigbringt, das Tempo eines Textes zu bremsen, auch wenn dazu gar keine Veranlassung vorliegt.

Die Erzählweise, die für den *Vater eines Mörders* benützt wurde, ist denkbar einfach, nämlich vollständig linear. Erzählt wird, was sich von der ersten bis zur letzten Minute einer Schulstunde begeben hat; darüber hinaus begnügt sich der Text mit einer einzigen Rückblende (der Mitteilung, was Kien senior seinem Sohn Franz über den Rex berichtet hat) und einer einzigen Vorausblende (dem Familien-Bild am Schluß). Die Beschränkung des Erzählens auf die Einheit von Zeit und Raum ergab, fast von selbst, jene literarische Form, die man als lange Kurzgeschichte bezeichnet.

Gescheitert bin ich an dem Problem der Erzähl-Ebenen. Es gibt in dieser Geschichte deren drei. Bei der ersten handelt es sich um diejenige des Schriftstellers, also meine eigene; sie kommt in so einfachen Sätzen wie »dachte Franz Kien« zum Vorschein. Selbst eine so winzige Satzpartikel wie diese setzt jemanden voraus, der weiß, was Franz Kien gedacht hat. Die zweite, und umfangreichste, gehört Kien selbst; er ist nicht nur der Träger der Handlung, sondern auch der sich auf sie beziehenden Reflexion. Schließlich gibt es noch eine dritte Instanz, welche den Vorfall registriert: eine kollektive – die Klasse. Diese drei Felder des Erzählens so übereinander zu legen, daß sie sich decken, ist mir nicht gelungen; und ich vermute, daß ein solcher Versuch auch niemals gelingen kann, es sei denn, man wende gänzlich andere Techniken der Wiedergabe von Stoff an.

Warum haben Sie sich ihrer dann nicht bedient, wird man mich fragen? Ja, warum? Weil mir die lineare Methode, trotz ihrer Unzulänglichkeiten, in diesem Falle als die richtige erschien. Klasse mit Lehrern – das Standfoto herauszukramen hat mich gereizt.

Keine eigene Erzähl-Ebene durften der Rex und der Studienrat Kandlbinder zugeteilt erhalten. Bei ihnen handelt es sich um reine Beobachtungsobjekte, was ihnen den kleinen Vorteil verschafft, daß einige Leser denken können, ihnen würde krasses Unrecht zugefügt. Ich selber bin nicht dieser Ansicht, doch gebe ich zu, daß ich, auch nach über fünfzig Jahren, noch in meinem Urteil befangen bin. Erzählen, Erinnern ist immer subjektiv. Unwahr ist es deshalb nicht.

Die richtige Wiedergabe des Denkens und Sprechens von Kien und seinen Mitschülern stellte sich als die schwierigste Aufgabe bei diesem Text heraus. Sie mußte sich der Wörter und Redewendungen bairischer Schüler in den späten zwanziger Jahren bedienen und diese glaubhaft, nicht als aufgesetzte Pointen, in die Prosa einbringen. Da ich in München geboren und aufgewachsen bin und infolgedessen Bairisch spreche, hätte sich als Ausweg angeboten, ein Stück eigentlicher Dialekt-Literatur anzufertigen, doch konnte ich mich dazu nicht entschließen. Alle Wörter aus dem Bestand heutigen Slangs hatte ich zu vermeiden, was mir schwerfiel, denn weil wir sie damals nicht besaßen, mußte ich auf das vorzügliche Vokabular neuester Idiomatica verzichten. Nur zu gerne hätte ich Kien von dem Rex als ›der Typ‹ oder ›der Obermotz‹ sprechen lassen, über Kandlbinders Lehrmethode als ›Masche‹ referiert und die Klasse einhellig zu der Meinung gebracht, bei Konrad von Greiffs Verhalten handele es sich um eine ›Macke‹. Aber diese schönen und treffenden Ausdrücke kannten wir damals nicht, und so hatte ich mich an den Wörter-Bestand meiner Jugend zu halten, von dem sich übrigens so manches aus dem Jargon in eine gewisse Dauerhaftigkeit hineingebildet hat. Ich habe also versucht, meine Erzählung in dem Ton des Milieus einzufärben, in dem sie spielt, und zwar so unmerklich wie möglich. Dazu genügen einige Tupfer. Sprache, davon halte ich mich für überzeugt, erneuert sich immer aus der Umgangssprache. Lebendige Literatur sucht sich ihren schwierigen Weg zwischen Klassizismus und Vulgarität. – Ansprüche, die ich an mich selber stelle. Ob es mir gelungen ist, sie zu erfüllen? Ich weiß es nicht. Ich weiß es wirklich nicht. Immerhin sollen meine Leser wissen, worauf ich hinauswill.

*

Frau Dr. Gertrud Marxer (Kilchberg) danke ich für ihre freundliche Hilfe bei der Rekonstruktion des geschilderten Griechisch-Unterrichts.

*

Niederschrift begonnen im Mai 1979, beendet im Januar 1980. Berzona (Valle Onsernone)

A. A.

Alfred Andersch im Diogenes Verlag

Alfred Andersch, 1914 in München geboren, war nach dem Krieg u. a. Redaktionsassistent Erich Kästners bei der *Neuen Zeitung*, gab zusammen mit Hans Werner Richter die Zeitschrift *Der Ruf* heraus, nahm an den ersten Tagungen der Gruppe 47 teil und war Herausgeber der literarischen Zeitschrift *Texte und Zeichen*. Er lebte seit seinem Weggang als Leiter der Redaktion *radio-essay*, die er beim Süddeutschen Rundfunk begründete, als freier Schriftsteller in der Schweiz, wo er 1980 starb.

»Andersch stellt Fragen, die nichts von ihrer Brisanz verloren haben.«
Stephan Reinhardt / Frankfurter Rundschau

Gesammelte Werke
in zehn Bänden
Kommentierte Ausgabe
Herausgegeben von Dieter Lamping
Kommentare der Bände 1–7 von Dieter Lamping, der Bände 8–10 von Axel Dunker

Alle Bände auch einzeln erhältlich

Band 1: *Sansibar oder der letzte Grund · Die Rote*

Band 2: *Efraim*

Band 3: *Winterspelt*

Band 4: *Erzählungen 1*

Band 5: *Erzählungen 2 Autobiographische Berichte*

Band 6: *Gedichte und Nachdichtungen*

Band 7: *Hörspiele*

Band 8: *Essayistische Schriften 1*

Band 9: *Essayistische Schriften 2*

Band 10: *Essayistische Schriften 3*

Die Texte der folgenden Taschenbücher entsprechen denjenigen der textkritisch durchgesehenen Edition *Gesammelte Werke*:

Die Kirschen der Freiheit
Ein Bericht

Sansibar oder der letzte Grund
Roman
Auch als Diogenes Hörbuch erschienen, gelesen von Hans Korte

Geister und Leute
Zehn Geschichten

Die Rote
Roman

Ein Liebhaber des Halbschattens
Drei Erzählungen

Efraim
Roman

Mein Verschwinden in Providence
Neun Erzählungen

Winterspelt
Roman

Der Vater eines Mörders
Eine Schulgeschichte
Auch als Diogenes Hörbuch erschienen, gelesen von Hans Korte

Außerdem erschienen:

Fahrerflucht
und andere Hörspiele
Fahrerflucht / In der Nacht der Giraffe / Der Tod des James Dean / Russisches Roulette

Materialien zu Die Kirschen der Freiheit
Herausgegeben von Winfried Stephan

Stephan Reinhardt
Alfred Andersch
Eine Biographie
Mit zahlreichen Abbildungen, Anmerkungen und Zeittafel

Alfred Andersch
Gesammelte Werke

in zehn Bänden
Kommentierte Ausgabe
Herausgegeben von Dieter Lamping
Kommentare der Bände 1–7 von Dieter Lamping,
der Bände 8–10 von Axel Dunker
Alle Bände auch einzeln erhältlich

Band 1: *Sansibar oder der letzte Grund · Die Rote*; Band 2: *Efraim*; Band 3: *Winterspelt*; Band 4: *Erzählungen 1*; Band 5: *Erzählungen 2 · Autobiographische Berichte*; Band 6: *Gedichte und Nachdichtungen*; Band 7: *Hörspiele*; Band 8: *Essayistische Schriften 1*; Band 9: *Essayistische Schriften 2*; Band 10: *Essayistische Schriften 3*

»Diese kommentierte Ausgabe erlaubt einen neuen Blick auf einen der großen deutschen Schriftsteller, Alfred Andersch, einstmals ein Provokateur, heute ein Klassiker der Nachkriegsliteratur. Es lohnt sich, ihn wieder zu lesen.«
Dieter Hildebrandt / Die Zeit, Hamburg

»Das erste, was beim Wiederlesen der Romane, Erzählungen und Reisebeschreibungen, ja sogar vieler Essays auffällt, ist die Tatsache, daß die meisten von ihnen erstaunlich wenig Patina angesetzt haben. Das ist nicht wenig, wenn man bedenkt, wie vieles von dem, was in den fünfziger und sechziger Jahren einmal als avanciert galt, uns heute nur noch verschmockt oder angestrengt erscheint. Als Konstrukteur und Stilist war er virtuos. Andersch war ein erstklassiger Romancier, Erzähler und Essayist. Er sei einfach gelesen.«
Jochen Schimmang / Frankfurter Allgemeine Zeitung

»Was an den Essays dieses lauteren Mannes so besticht, warum man sie nach so vielen Jahren – fast alles unverblichen – mit gebannter Zustimmung liest, das kann man vielleicht in dem Begriff Bedenklichkeit zu-

sammenfassen; der birgt Nachdenken wie Zweifel wie genaues Hinhören, die Musikalität eines Textes zu begreifen: Er weiß, daß die Würde des Kunstwerks zugleich dessen Bürde ist; die trägt es, weil der Welt Last sich ihm eindrückt – andernfalls bliebe es Kunstgewerbe. Dies ist der Kunstbegriff des Alfred Andersch.«
Fritz J. Raddatz / Die Weltwoche, Zürich

»In ihrem Reichtum und in ihrer Lesefreundlichkeit ermöglicht die Ausgabe mit Leichtigkeit den Nachweis, daß es überaus lohnend, lehrreich, anregend und intellektuell wie sinnlich befriedigend ist, Alfred Andersch ›neu zu lesen‹. Nicht allein die Textauswahl und -präsentation sind dazu geeignet, den allgemein an Andersch interessierten Leser immer wieder zu erfreuen und zu fesseln, sondern auch die Kommentare sind allgemein bereichernd, ohne grundlegend Bedürfnisse des professionellen Lesers zu vernachlässigen. Ergänzt wird die Ausgabe durch eine ständig aktualisierte Bibliographie der Sekundärliteratur auf der Website des Diogenes Verlags (www.diogenes.ch/andersch/bibliographie).«
Rüdiger Zymner, Wirkendes Wort 55 (2005)

»Die zehnbändige Andersch-Werkausgabe im Diogenes Verlag ist edel gemacht wie sonst nur die Klassiker im Deutschen Klassiker Verlag.«
Christoph Bartmann / Süddeutsche Zeitung, München

Stephan Reinhardt

Alfred Andersch

Eine Biographie

»Ein Buch über die Interna des westdeutschen Kulturbetriebes und zugleich über die Entwicklung der deutschsprachigen Literatur, das mit dieser 768 Seiten umfassenden Andersch-Biographie vergleichbar oder ihr auch nur annähernd ähnlich wäre, gibt es nicht. Wer sich für die aufgewühlte Zeit nach dem Zweiten Weltkrieg (die seltsam verzerrt in der DDR gegenwärtig variiert wird) und für die Geschicke der westdeutschen Nachkriegsliteratur interessiert – hoffend, immer wieder enttäuscht, von allem irgendwie Gelungenen betroffen wie von etwas Belangvollem –, muß diesem Buch erliegen. Er wird es nicht brav durcharbeiten als Pflichtlektüre oder materialreiche Spezialstudie, sondern wird sich in ihm verlieren, wie man sich in einem Haufen alter Briefe verliert, bei der Suche nach etwas ganz anderem. Gelebtes Leben zieht in Bann, Streitereien von einst schütteln den Staub ab. Gräber öffnen sich. Ungewöhnlich und faszinierend an dieser Biographie ist, daß sie Literaturgeschichte gleichsam ›von unten‹ gibt.«
Joachim Kaiser/Süddeutsche Zeitung, München

»Auf solche Lebensbeschreibung, so anschaulich und penibel, so aufschlußreich und unterhaltsam, trifft man nur selten.«
Klaus Bellin/Die Weltbühne, Berlin

»Eine umfangreiche Biographie über den Publizisten, Kritiker und Erzähler Alfred Andersch schildert ein Stück deutscher Kulturgeschichte. Die minutiös belegte Biographie von Stephan Reinhardt spiegelt zugleich auch die jüngere (west-)deutsche Geschichte wider.« *Der Spiegel, Hamburg*